HE
RE
SIA

betty milan

HERESIA

tudo menos ser AMORTAL

1ª edição

EDITORA RECORD
RIO DE JANEIRO • SÃO PAULO
2022

EDITOR-EXECUTIVO
Rodrigo Lacerda

GERENTE EDITORIAL
Duda Costa

ASSISTENTES EDITORIAIS
Thaís Lima
Beatriz Ramalho
Caíque Gomes
Nathalia Necchy (estagiária)

DESIGN DE CAPA
LSD (Luiz Stein Design) | Luiz Stein e
Thiago Apolinário (assistente de design)

PREPARAÇÃO DE ORIGINAL
Diogo Henriques de Freitas

REVISÃO
Claudia Moreira
Juliana Pitanga

DIAGRAMAÇÃO
Leandro Tavares

CIP-BRASIL. CATALOGAÇÃO NA PUBLICAÇÃO
SINDICATO NACIONAL DOS EDITORES DE LIVROS, RJ

M582h   Milan, Betty, 1944-
          Heresia: tudo menos ser amortal / Betty Milan. - 1. ed. - Rio de Janeiro:
          Record 2022.

          ISBN 978-65-5587-377-1

          1. Romance brasileiro. I. Título.

                              CDD: 869.3
21-73735   CDU: 82-31(81)

Leandra Felix da Cruz Candido - Bibliotecária - CRB-7/6135

Copyright © Betty Milan, 2022

Todos os direitos reservados. Proibida a reprodução, armazenamento ou transmissão de partes deste livro, através de quaisquer meios, sem prévia autorização por escrito.

Texto revisado segundo o novo Acordo Ortográfico da Língua Portuguesa.

Direitos exclusivos desta edição reservados pela
EDITORA RECORD LTDA.
Rua Argentina, 171, São Cristóvão
Rio de Janeiro, RJ — 20921-380
Tel.: (21) 2585-2000.

Impresso no Brasil

ISBN 978-65-5587-377-1

Seja um leitor preferencial Record.
Cadastre-se no site www.record.com.br e receba informações
sobre nossos lançamentos e nossas promoções.
Atendimento e venda direta ao leitor:
sac@record.com.br

EDITORA AFILIADA

*à memória de Vincent Humbert
(1981-2003)*

*e à sua mãe, Marie Humbert,
pelo amor absoluto*

Alguém acaso julgou que foi uma sorte nascer?
Digo logo que igual sorte é morrer.

Walt Whitman

[...] frequentemente me pergunto com que direito eu poderia impedir alguém de se suicidar.

Kenzaburo Oe

I

O caixão de mogno foi posto em cima de uma armação prateada na sala do apartamento, que fica no térreo do prédio. As paredes da sala são revestidas com lambris da mesma madeira castanho-avermelhada do caixão. Não escolhi o mogno por acaso... era a madeira que ela preferia. As pessoas já estão avisadas do velório e vão chegar.

Assim que entrei na sala, ouvi um ruído estranho, uma fricção de tecidos. Imaginei que fosse o corpo se levantando. Era só o que faltava! O corpo jaz, coberto de lírios. Sei do mal-estar que a palavra *jaz* causa. Mas é disso mesmo que se trata. Mamãe jaz.

A ausência é definitiva, nunca mais o carrilhão tocará a hora. Sem ele, mamãe não vivia. Não sei quantas vezes eu a ouvi contar: "Importado pelo meu avô... há cem anos... feito de ébano, que também serve para proteger as pessoas do medo. Nada é pior do que o medo." Enquanto pôde, mamãe não deixou de dar corda no carrilhão e fez isso até já não alcançar a coroa. No fim, de tão mirrada, ela parecia uma anã.

Morreu de mãos dadas comigo. As pálpebras, eu não quis fechar. Deixei para o médico. Quem dá o atestado de óbito e prolonga inutilmente a vida é ele. Prolongar a juventude é uma coisa, impedir um fim que não para de se anunciar é desumano.

Possível ser jovem até o fim. Por isso, nunca digo *na minha idade*. Faço pouco da idade cronológica, ela importa menos do que se imagina. Não tem regra geral, e os exemplos que desmentem a regra são incontáveis. Em pleno século XVI, Michelangelo viveu 89 anos. Hoje, ele talvez vivesse 120.

O que de fato conta é a conquista da mais longa juventude, e não a promessa da imortalidade, a renovação indefinida das nossas células. Como se não bastasse prolongar inutilmente a vida, os biólogos agora querem fabricar a vida, projetar cérebros e controlar os pensamentos alheios. São os legítimos herdeiros de Frankenstein, obcecados como ele pela ideia de criar a vida artificialmente. Acabarão conseguindo e, como ele, poderão ficar horrorizados com o aspecto da criatura — um humanoide mal formado que se torna vingativo, cruel.

Assim que mamãe se foi, eu me afastei, dizendo *até que enfim*. Não sem me censurar. *Sua mãe morre e você ousa falar isso? Onde você está com a cabeça? Já imaginou o que ela diria se soubesse? O que os outros diriam? Nem tudo se pode.*

Precisamente porque nem tudo se pode, para me livrar da censura, vou atribuir o que eu escrevo a uma outra narradora. O nome pode ser Lúcia. Com ela eu vou em frente sem medo de dizer o que sinto. Sei que desejar a morte da mãe é uma heresia.

Há meses, eu desejava a partida. Se me perguntassem por quê, eu responderia que não suportava mais ver o que restou dela. Sei que o meu caso não é único. Porém, também sei da hipocrisia alheia. Agora, que culpa tenho eu de ter sonhado repetidamente com o caixão? Não sou responsável pelo meu inconsciente. O sonho se manifesta como bem entende, e, se não fosse ele, nós não teríamos nada de absolutamente nosso.

Perguntei ao psicanalista por que eu sonhava tanto com o caixão.

— Mas, no seu sonho, ele está aberto ou fechado?
— Depende do dia.
— Aberto pode significar desejo de liberdade...
— Por que o senhor diz pode significar?
— Sonho nenhum tem significado único...
— Mas existe um dicionário dos sonhos...
— Também existe Freud, *A interpretação dos sonhos...*

Não me lembro como a sessão continuou. Só sei que eu saí com o *pode significar* na cabeça e fui ler sobre o sonho. Vi que o grande dicionário foi escrito no século II por Artemidoro, um grego, interprete profissional... Artemidoro já considerava que o sonho não tinha um significado universal, dependia da idade, do sexo, da fortuna, da origem e da posição social. O *pode significar* já valia para ele... Só que, a partir de Freud, a interpretação passou a depender das associações do sonhador.

Depois de associar, fui obrigada a concluir que o caixão aberto era a expressão do meu desejo de ficar livre da mãe... A cada dia, a decadência dela me matava um pouco mais, e eu precisava deixar de morrer. O caixão era o símbolo do meu renascimento que, paradoxalmente, dependia do fim dela, um fim que foi continuamente adiado por eu não ter sido capaz de convencer a querida a ir embora na hora certa. Sim, eu escrevi *querida*. Trata-se do adjetivo correto. Só quem não sabe o que é a velhice extrema não entende que se possa desejar a morte de um ser querido.

O velório vai durar a noite inteira. Sou obrigada a estar presente o tempo todo para ser considerada digna da mãe. Por que ela não aceitou morrer antes de se tornar um corpo sem alma? Por que não pensou em me poupar e me deixar só com boas memórias... a da mãe que era mãe de verdade? Não passou pela sua cabeça que, além dela, eu podia perder as lembranças e ficar completamente sem chão.

Por enquanto, estou sozinha no velório. Mas os outros vão chegar. Conversar sobre *como foi, como não foi*, nem pensar. Serve para as pessoas imaginarem que a morte poderia não ter acontecido. Não tenho por que alimentar esta fantasia.

Como sempre, vou me valer do caderno que está na bolsa para me ausentar... o "eterno caderno" — como mamãe dizia ironicamente. Preciso ficar comigo mesma. Nada é pior do que deixar de existir para si, como aconteceu com ela e com os outros cujo cérebro se esfarinhou. Mamãe não perdeu completamente a consciência, mas a inteligência se foi. Não era capaz de resolver o menor dos problemas. Talvez por isso me chamasse de *mãe* e dissesse para quem recusava o que ela pedia *vou contar para minha mãe*. Francamente! Com meu filho, eu não vou fazer o que ela fez comigo. Ninguém tem o direito de sugar a vida alheia.

Há muito eu digo que me separei da mãe. Me "separei" desde que ela perdeu a noção do tempo e a duração da minha ausência deixou de ter significado. Ainda me lembro de quando tive certeza disso...

— Vou viajar, mãe.
— O quê?
— Vou visitar um amigo.
— Quantos dias?
— Desta vez, eu não vou dizer...
— Não vai?
— Não adianta...
— Hum...
— Não adianta, porque tanto faz.
— Verdade, filha. Tanto faz mesmo.

A resposta me deixou aterrada. Com a falência do cérebro, mamãe perdeu a noção do significado das palavras. Já não imaginava o efeito do *tanto faz mesmo*. Do contrário, não teria dito uma frase que denota indiferença.

Não desejava o prolongamento da sua vida, embora tivesse consciência da falta que podia sentir quando ela já não estivesse. Falta do olhar de quem renascia sempre que eu chegava e parecia me dizer *eu te amo*. Do rosto que ela virava para cima, oferecendo a testa para o beijo, como se o beijo fosse uma bênção.

Mamãe nunca parou de exaltar o amor. Nada foi tão importante para ela quanto o sentimento amoroso para o qual construiu um altar. "Nascemos para o amor... Ninguém suporta viver sem ele. Quero ouvir e dizer *eu te amo* sempre... Sem isso a gente pode se dizer adeus."

Possível que ela tenha vivido mais de cem anos para cultuar o marido morto aos cinquenta, compensar a sua morte trágica. Possível também que tenha se apagado aos poucos por delicadeza... para que eu acompanhasse o seu fim passo a passo, me acostumasse com a ideia da sua desaparição. Isso tudo é um mistério, desisti de entender. Não interessa perguntar por que a vida foi desta ou daquela maneira... não tem resposta.

De repente, do dia para a noite, tudo mudou. Aconteceu com mamãe o que acontece repetidamente com os idosos. Caiu do mezanino e quebrou o antebraço... fratura exposta. Caiu e ficou gemendo... não posso mexer a mão. Claro, com o rádio e a ulna fraturados, ninguém vira a palma para cima ou para baixo.

O fato é que ela caiu por não me escutar. "Sempre subi no mezanino. Não vou subir agora por quê?" Repetia isso e ia em frente, apesar de enxergar com um só olho, o direito. O esquerdo ela perdeu na infância — toxoplasmose —, e estava mais do que habituada com a sua condição. Sempre foi em frente e continuava assim na velhice, como se a vida não mudasse, exigindo uma acomodação contínua.

Ou você muda sem ficar contrariado ou vive na contramão de si mesmo. Não basta mudar, é preciso aceitar a mudança para beber na fonte de juventa. A única coisa que a gente precisa saber para lidar com o tempo que passa é isso. No entanto, preferimos ignorar esta única coisa. Como se a ignorância pudesse nos salvar.

Tudo, menos aceitar a realidade! Por isso, Don Quixote é o maior personagem da literatura. Nenhum outro é tão surpreendente e arrebatador. Quem se esquece da aventura dos moinhos de vento?

— Você está vendo, Sancho, os cinquenta gigantes?
— Ahn?
— Vou desafiá-los um a um... acabar com todos...
— Gigantes? Onde isso?
— Ali, na sua frente, com os enormes braços...
— Ora, senhor, não são gigantes, são moinhos. O senhor toma as asas do moinho por braços. São as asas que fazem o cilindro girar com o vento.
— A gente vê logo que, de aventura, Sancho, você não entende nada. São gigantes, e, se você tem medo... Vá rezar enquanto eu me lanço num combate que há de ser sem piedade e sem igual.

Mamãe parecia o Quixote. Para ela, a aceitação da realidade era sinônimo de conformismo. Preferiu fazer pouco do tempo que passa e da transformação do corpo. Bateu na mesma tecla a vida inteira. *Continuo assim, aconteça o que acontecer*. Não sei se é uma expressão de coragem ou de obstinação. Só sei que o fim dela foi um suplício para quem cuidava... Me desapeguei por não ter sido ouvida... nem antes nem depois da fratura. Quis porque quis subir no mezanino, ser operada. Abri mão de convencer quando percebi que

falava em vão. Depois da insistência, vem a desistência.
A gente larga mão.

Diziam que foi sorte mamãe não ter quebrado o fêmur.
Uma sorte que eu dispenso. O braço ficou como uma
tora. Uma senhora do tamanho de uma menina com
o braço de uma obesa, que se deslocava arrastando os
pés — um azar ambulante.
   No pronto-socorro, enfaixaram e mandaram
para casa.
   — Além da fratura, uma trombose no braço.
   — E daí?
   — Não dá para operar ainda.
   Ainda? Fiquei pasma. *Pretendem operar uma pessoa com quase cem anos? Coisa pior do que anestesia em velho não tem. Se não morre na cirurgia, fica fora do ar.*
   Mamãe foi operada e enlouqueceu... como Naomi, a mãe louca de Allen Ginsberg, a mãe que ele exaltou.

Ó mãe
[...]
Ó mãe
[...]
adeus
[...]
com teus olhos de eletrochoque

com teus olhos de lobotomia
com teus olhos de divórcio
com teus olhos de ataque
com teus olhos, só
com teus olhos
com teus olhos
com tua Morte cheia de Flores...

Foi com olhos de anestesia e de operação que mamãe voltou da UTI. Para ficar no quarto do hospital, como se não estivesse lá, me vali do eterno caderno e fui para outro lugar.

Sei, mãe, que você já está quase no céu. Você merece o céu. E eu mereço que você morra para não te ver mais impregnada, dando pontapé na enfermeira, mordendo o próprio dedo e blasfemando. Ainda que todos estejam à sua volta. Apesar do séquito, quero ouvir que você morreu... a injustiça acabou.

Ao acordar da anestesia, você disse e repetiu quero morrer. *Tamanha a sua dor. Depois,* Vou morrer, *e me mandou embora com* Vai embora, vai morrer. *Claro que a sua morte me mata, mas a sua vida é uma tirania... olhos fechados e boca aberta. Você agora foi longe demais, se afastou para não voltar. Seria tão mais sensato se eles decidissem que a sua hora chegou e é preciso deixar você partir! Não podem decidir. E eu também não. Só tenho o direito de impedir que você seja entubada. Sou a responsável no testamento vital, lembra? Não, não se lembra de nada. O esquecimento tomou conta de você.*

Mas eu sei o que ainda passa pela sua cabeça. Não me deixa sozinha, filha. Fica comigo com ou sem os eletrodos na cabeça. Com ou sem as meias compressoras. Me deixa roncar e bendiz o meu ronco. Estou ainda, só que não quero ficar. Sempre disse quando morrer, morreu. *Agora, está quase. Fui rainha e fui senhora, porém do tempo, não.*

Aceita a realidade. Bendiz a terra que vai acolher os meus restos... o túmulo em que o seu pai já está. Não esqueça de pôr flores do campo. Verifique se está tudo em ordem antes do enterro. A casa dos mortos precisa ser cuidada. A cruz foi roubada. Mandei fincar um geodo cristalino na lápide preta... parece um vulto, uma mulher. De dia, o geodo reflete o sol e de noite, a lua... canta para os que estão no túmulo. Você não sabia que as pedras cantam? Tem até quem tenha escrito uma ópera das pedras. Os artistas têm o privilégio de escutar e inventar. São tomados por loucos, mas não são. A loucura destrói.

Mamãe me faz pensar de novo em Ginsberg.

*Eu vi as melhores cabeças da minha geração
　　destruídas pela loucura, famélicos histéricos nus
arrastando-se pelas ruas do bairro negro ao amanhecer [...]*

Ginsberg dava voz aos que a loucura destruía e aos negros. Foi tomado por um criminoso pelo FBI. "Um poeta que ameaça a segurança dos Estados Unidos." *Uivo* foi considerada uma obra obscena e retirada do mercado. Mais de uma vez, ele se viu às voltas com a justiça. Ameaçador por ser homossexual, pacifista e budista... defender o *flower power*... introduzir uma flor no fuzil dos militares... querer um *summer of love* eterno.

O peso do mundo
    É o amor
Sob o fardo
    da solidão
Sob o peso
    da insatisfação

    O peso
O peso que carregamos
    É o amor

Quem pode negar?
    Em sonhos
Toca
    o corpo...
[...]

Temos que descansar nos braços
    do amor
[...]

Não há descanso
    Sem amor
Sem dormir
    Sem sonhos
de amor —
[...]

Eu queria
    Eu sempre quis
[...]
    Retornar
Para o corpo
    Do qual nasci.

Não sei se eu escrevia, no hospital, para que mamãe morresse ou para que renascesse. O fato é que eu não parava.

Bendita seja a minha filha, que deu à luz o meu neto. Bendito o que me chama de avó. Bendito o silêncio que virá. Não ouvirei mais o que eu não quero. O meu marido me espera, o moreno. Vou me encontrar com ele... parir de novo no céu.
Meus pais também estão lá. Queriam me ver com vestido de tule e uma varinha prateada na mão. Apontavam com o dedo e eu sorria, girando a varinha no

ar. *Fui pequena antes de ser a moritura. Cresci nos braços-abraços da mãe. Chorei, olhei, sorri. Disse* a, e, *antes de falar, fiz* brrrr, *e eles disseram que eu era um besourinho.*

Chega de glicose e de insulina. Soro na veia, picada no músculo, meia compressora no pé. Por que a velhaca da enfermeira não me deixa em paz? Qual a razão de tamanho empenho? Por que não se ocupa das crianças de pele e osso que vão morrer de subnutrição... dos adolescentes que nunca andaram por não terem comido na infância? Vai para o Iêmen.

Neste hospital, deixei de ser quem era, a que dizia e fazia, a guardiã da nossa casa e das joias de estimação... tataravó, bisavó, avó. Não tenho por que ficar, meu marido me espera.

Não quero o almoço... nem agora nem daqui a pouco. Tira a bandeja. Deixa a enfermeira fazer o que quiser, me furar o dedo, medir a glicemia, cumprir as ordens. Uma picadinha a mais, uma a menos, tanto faz. Mas eu prefiro ficar em paz. Não tenho por que continuar. Bendiz a minha passagem e não olha para o meu rosto de cadáver. Sobretudo, não olha com horror. Não seja assim, princesa.

Me deram remédio demais. Obedeci, porque não sabia. Os médicos erram, as enfermeiras... eu, você. Não vale a pena se mortificar. Molha os meus lábios. A última coisa que a gente dispensa é a água. Nem força para beber eu tenho. De tanto me tratar, eles me mataram. Mas tudo bem. Faz tempo que eu já não estou. Quis morrer quando seu pai morreu. Com a partida do amado, ninguém se conforma. Sem ele, eu fiquei sem mim.

Dois milhões de crianças subnutridas. Se a enfermeira não quiser ir para o Iêmen, fica por aqui mesmo... pode se ocupar dos indigentes. Há muitos em todos os quarteirões. Indigente é o que não falta. Alguns não têm sequer fôlego para estender a mão, mendigar a moeda que promete o amanhã. Se arrastam envoltos em cobertores que são mortalhas, o cabelo desgrenhado e as cicatrizes no rosto. Vão morrer como? De inanição ou incendiados por algum comerciante enfurecido. O escroto dormindo de novo na porta da loja! Joga álcool e taca fogo. Mas há indigentes que não morrem. Por causa do fiel cachorrinho, o Nico, que é mendigo também. Vergonha. Por que ninguém faz nada?

Gastar dinheiro comigo? Para quê? Gasta com a eterna grávida da pracinha. A que fica sentada com os filhos, tentando despertar a piedade de quem não tem. Gasta com o menino que se joga em cima do carro para limpar o para-brisa... Nenhum tem casa, mas saúde tem. Gasta com os loucos que perambulam como fantasmas. Ouvi um dizer que estava morto e perguntar quem não está? *Estamos todos, porque não é mais possível. Qualquer lugar fora deste mundo é melhor. A injustiça ... Na sua insensatez, a enfermeira pergunta de hora em hora como estou. Será que ela não percebe? Não vê que eu não faço mais parte do círculo dos vivos?*

Meu corpo arde, filha... estou em chamas. Tira o cobertor, o lençol. Ou vão me enterrar embrulhada nele? Quero mortalha perfumada de lírios ou não quero nada. Prepara o velório para receber os vivos e os mortos. Meus irmãos, meu pai e minha mãe. Se ela soubesse que eu sentiria tanto calor, nunca teria me dado à luz. Apesar da chuva de penugens brancas que ela viu naquela hora. Não sei se é verdade ou mentira. Mas não importa.

No Natal eu não vou mais estar, filha. Bendiz os que nós passamos juntas. No último, você me segurava pelo braço, e eu fui aplaudida quando cheguei. Será mesmo a centenária? Sabiam da minha existência, mas já não acreditavam que eu estivesse viva. Acharam que eu era uma aparição, uma visagem. Para outros, eu não existo... pouco me importa. Pode a raça humana desaparecer.

Visitas inesperadas. Não reconheço. Quantos dias eu vou ficar? Detesto o hospital, o creme de milho, para não dizer de merda... uma caganeira insana. Quem me limpou foi o enfermeiro. Com que direito? Nunca antes um homem viu meu traseiro. Nem mesmo o seu pai. E eles me dão tudo na boca, como se eu fosse uma recém-nascida. Recém-moritura. Não sei o que fazer com essa gente exigindo obediência. De mim, filha, justo de mim! Da que fugiu para se casar. Não posso me casar com o namorado? Me caso! No dia do casamento, os anjos tocaram as trombetas. Meus pais foram obrigados a aceitar. Puseram as melhores roupas e foram ver a filha vestida de noiva, véu e grinalda. Você sabe que eu dei um baile em todos. Não sou de obedecer. Baile até no tempo... já vivi quase cem anos.

Nunca entendi por que mamãe não se recusou a viver mal enquanto estava lúcida. Será que ela pensou que viveria bem sempre? Negou a morte e a possibilidade da doença. Nunca imaginou que poderia um dia depender dos outros.

Depois que a pessoa perde a cabeça, não dá mais para recusar a dependência. Se tiver sorte, a família cuida, rezando para ela morrer. A pessoa vira uma paspalha que nem apagar a velinha no dia do aniversário consegue. A vida não é um bem em si.

Preferível viver sofrendo do que morrer? Masoquismo! O chicote! Bate que eu quero mais. Pouco importa que eu esteja desfigurado. Com uma só lambada eu não me satisfaço. **O pior é que** nós não vislumbramos a possibilidade de recusar o sofrimento. Não somos capazes do não quero mais. O Buda foi...

O nome de batismo era Sidarta Gautama. Muitas águas rolaram antes dele se tornar o iluminado. Nasceu no sul do Nepal e, sendo filho de um rei, estava destinado a ser o sucessor do trono. Viveu no maior dos luxos, sem sair do palácio, até 29 anos.

Ao sair, pela primeira vez, encontrou um velho que andava com grande dificuldade, um homem coberto de nódulos purulentos — pestífero —, uma família aos prantos transportando o cadáver de um dos seus e, por fim, um monge calmo e sereno que mendigava humildemente. Concluiu que a riqueza, a cultura e o heroísmo eram valores efêmeros e ele não estava ao abrigo da velhice, da doença e da morte.

Um tempo depois, o príncipe teve um pesadelo e pediu a um servidor que o acompanhasse até um bosque. Os dois foram a galope numa noite de lua cheia. No bosque, Sidarta entregou ao servidor o seu cavalo, as joias e o casaco. Pediu que se despedisse da família por ele. Vestiu a roupa de um caçador e deixou o palácio definitivamente, se desapegou de tudo para encontrar o caminho que fez dele o Buda.

Antes da operação, ousei perguntar à mamãe se ela queria mesmo fazer a cirurgia.

— Quer ser operada? Na sua idade, a anestesia é um risco... pode não resistir, pode enlouquecer.

Desejava que ela aproveitasse a fratura para dizer ao médico que não fizesse mais nada. Não quis saber. Me olhou fixamente antes de responder.

— A morte tem que ser natural.
— Como?
— Tem que ser, ora.

Me calei, desentendida. A morte então não seria natural se ela recusasse a operação e o médico se limitasse a aliviar a dor?

Me perguntei, durante dias, o que podia a palavra *natural* significar. Recorri ao dicionário: "regido pelas leis da natureza." Li: "O que é conforme à natureza é digno de estima", citação de Cícero. O natural já era cultuado pelos romanos, mas eu não entendi o que mamãe quis dizer com "a morte tem que ser natural."

Demorei para concluir que significava morrer sem tomar a decisão de interromper a vida. Uma decisão que só pode ser tomada por quem se prepara para o fim. Por que mamãe não quis fazer isso? Por que não passou pela sua cabeça que ia precisar continuamente de um cuidador... dar o banho, vestir, alimentar, dar os remédios, lembrar de hora em hora que é preciso tomar água e levar ao banheiro a cada vez que ela pedisse. A postos de dia e de noite.

Mamãe não quis dar um só minuto da vida de presente para a morte! Quis adiá-la o mais possível. Não estava interessada no custo disso para ela e para os outros, embora tivesse dito que não pretendia, em hipótese nenhuma, dar trabalho para os familiares.

Desde que ela caiu, Danda, a eterna empregada, não parou de se lamentar. *Cadê a minha patroa? Costuma-*

va me acordar às seis da manhã. Para tomar o café. Disposição igual à dela eu nunca vi. Punha qualquer um no bolso. Levaram no pronto-socorro, mas o médico não fez nada. Mandou voltar para casa com o braço quebrado. Que descaso, meu Deus! Onde já se viu isso? Por que ninguém da família reage?

Passados alguns dias, ela fez um escarcéu.

— A patroa está mal, foi uma verdadeira mãe para mim e ninguém toma providência. De que serve a família? Gente pobre ajuda. Gente rica... Não acredito no que está acontecendo aqui. Não suporto mais. Vou levar a patroa para o hospital agora!

Danda não falou à toa. Uma hora depois, nós estávamos no pronto-socorro. Além da hipertensão e da diabetes, mamãe tinha insuficiência renal. O porquê eu não sei. Só sei que internaram "para operar quando possível."

O quarto do hospital se tornou um lugar de conversa... só conversa de teimosia e queda... aborrecida.

"— Meu pai era teimoso. Com ele, ninguém podia. Vira e mexe, subia na caixa-d'água do sítio. Um dia, ele caiu, pumba... lá de cima. Quebrou o braço e ficou estatelado no chão. Não parava de gemer!

— Ai, ai ai...
— Vou chamar um médico, pai.
— O quê? Ai...
— Um médico...
— Mas qual?
— O da cidadezinha ao lado.

— De jeito nenhum!

Apesar de estatelado, não parava de dar ordens.

— Me dá água, amarra uma tala no meu braço, me carrega e me põe no carro. Meu médico está na capital.

Deu certo. Depois, papai não quis mais saber da caixa-d'água, e nós tivemos sossego. Durante algum tempo..."

Danda ouviu falar que um paciente internado caiu da cama dormindo.

— Deus meu! Se cair, a patroa pode quebrar a cabeça.

Quis ficar no hospital à noite, "zelando pela doente". Mas, durante o dia, "por causa das visitas", era preciso que alguém da família estivesse. O alguém era eu, claro... Tive que suspender as atividades. Perderia alguns clientes, algumas causas urgentes.

Passada uma semana, convenci Danda a ficar, no meu lugar, durante o dia e contratei uma enfermeira para a noite. Sempre que eu chegava, no hospital, Danda me acolhia com a mesma pergunta.

— O que eu faço se a patroa não sarar?

Na primeira vez, fiquei estarrecida. *O que você faz? Ora, sei lá eu. Só faltava ter que encontrar uma solução também para a Danda. Gostaria de ter nascido homem! Ninguém espera tanta coisa de um homem.*

Não passava um dia sem que mamãe se queixasse da enfermeira contratada. Ou porque "a moça nem sabe pôr um travesseiro embaixo da minha cabeça", ou porque "não cobriu meus pés". E não era só mamãe que reclamava. A enfermagem do hospital também não queria saber dela.

— Dormiu à noite e não viu que a paciente puxou o braço... interrompeu a transfusão.

Só não enlouqueci por ter feito ouvidos moucos. Avisei aos familiares que não tinha como evitar os erros alheios. Ninguém é obrigado a fazer o impossível.

Dor de cabeça contínua. Fui no acupunturista da família. Contei da queda e da hospitalização da mãe, há quase duas semanas. Disse que não era favorável à cirurgia. Queria saber a opinião dele.

— Tem quem queira viver o mais possível. A vida da sua mãe é boa.

Boa como? Imobilizada numa cama de hospital, sem saber quando vai ser operada e se resiste ou não à operação...

— Sua mãe deseja ficar enquanto der.

Wong estava certo. Mas será mesmo preciso aceitar o desejo da pessoa, sem explicar a ela as possíveis consequências? Mamãe não imaginava o quanto ia sofrer. Disso, médico nenhum falou. O acupunturista também não questionou o desejo. Talvez por ser chinês. O Buda diz que, se um problema tem solução, não é para esquentar a cabeça, e, se não tem, também não é. Simplesmente por não haver solução.

Wong considerava que não havia razão para eu me preocupar com o futuro. Será que ele pensaria assim se fosse a mãe dele? Se tivesse que presenciar o sofrimento depois da cirurgia e suportar a dependência contínua?

Quis perguntar o que ele pensava dos cuidados paliativos e do suicídio assistido. Mas eu me contive. Sobre o suicídio, nós já havíamos conversado. Wong me contou que, na China, os médicos se suicidam com injeção de potássio na veia. Como aplicar a injeção em si mesmo? A solução dos nazistas era mais fácil... cápsula de cianureto de potássio, distribuída para os soldados se suicidarem se fossem derrotados. A pessoa morria rapidamente depois de ter tido vertigem, dor de cabeça, constrição da garganta e falta de ar. Além dos soldados, muitos generais e almirantes se valeram da cápsula. Mas o cianureto de potássio pode não matar, e as sequelas são graves.

Saí do acupunturista e voltei para o hospital. Soube que a operação havia sido marcada para o dia seguinte. No quarto, mamãe estava com uma podóloga.

— Não posso me operar sem fazer os pés.

Mamãe não perdeu o prumo e, como a podóloga não aceitava cheque, tive que buscar o dinheiro em casa. Quem está doente e vai ser operado tem todos os direitos. Só saí do hospital quando a enfermeira da noite chegou. Prometi voltar, no dia seguinte bem cedo.

— Antes da operação, eu volto. Agora, vê se dorme, mãe.

— Acha mesmo que eu consigo dormir?

Fui embora com o coração na mão e voltei às sete da manhã. Quando passaram mamãe da cama para a maca, o corpo inteiro dela tremia... da cabeça aos pés. Não quis se despedir antes de ir para o Centro Cirúrgico. Mas foi com o meu beijo.

De repente, eu estava deitada na cama dela. Sem perceber, me vali do meu corpo para negar que ela ia ser operada. Não me lembro do que fiz durante as horas em que fiquei temendo ser surpreendida pela morte, embora me dissesse que a morte seria o melhor. Meu filho aparecia sentado no sofá com um computador no colo. Sem duvidar da sua presença, eu estranhava e, por isso, não dizia nada. Como pode ele estar aqui se foi para o colégio? O querido repetia que não ia me deixar sozinha. Acrescentava *mãe é mãe*, para me consolar. Com a presença dele, eu me sentia amada, e, se alguém dissesse que o meu filho não estava no quarto, eu reagiria como o Quixote, desacreditando a fala e mandando Sancho sair de cena: "São gigantes, e, se você tem medo, vá rezar...". Somos todos Quixotes.

O que eu vi, depois da cirurgia, justificou meu medo. Mamãe gritava e mordia o lábio até sangrar. Saí da UTI revoltada, deixando "a paciente" para os responsáveis pela operação. Nem tudo se pode, e o pior ainda estava por vir. Afastei a ideia de telefonar para o meu filho. De que adiantava ele ficar preocupado? Ninguém podia fazer nada, naquele momento, além de esperar. Para não dizer desesperar.

No quarto, mamãe tentou arrancar a tipoia.

— Não quero isso. Me dá o cheque que eu vou embora. Tenho que sair do hospital o quanto antes. Quem me pôs neste lugar?

— Mamãe...

— Não quero saber, me dá o cheque.

Mamãe destilou ódio e quase caiu da cama. Foi amarrada, como nos asilos psiquiátricos. Depois de acordar, chorou até perder o fôlego. A enfermeira contratada pediu aos funcionários do hospital que tivessem uma conduta mais humana com ela. Deram Seroquel e ela ficou dopada. Li a bula e vi que é indicado para tratamento de esquizofrenia. *Bella roba*, fizeram a cirurgia e transformaram mamãe numa esquizofrênica. Não teria sido melhor recusar a operação? Mas não, "a morte tem que ser natural".

No segundo dia, quando entrei no quarto, ela gritava.

— Banho não... vai embora... eu quero morrer.

Quis levar mamãe para casa. O médico se opôs veementemente.

— De jeito nenhum, ela pode ter mais uma queda. Conseguimos evitar que perdesse o braço e a operação foi bem-sucedida.

— Só que ela enlouqueceu, doutor.

— Isso passa.

— Quando?

— Bola de cristal eu não tenho...

O médico era italiano, e eu me contive para não gritar *maledetto*. Engoli o que me veio à cabeça... *Só sabe quando interessa saber. Tem certeza de que deve operar, porque ganha com isso. Do que pode acontecer depois da operação, ele não fala. Se o paciente enlouquece, não é com ele. Corta, sutura e não faz* follow-up. *A família do paciente que se dane. Mas o medo da morte sacraliza o doutor. Quero distância dele e do hospital... Em vez de aprimorar os recursos operatórios, a medicina devia ensinar a evitar a queda. Mas não. Deixa cair e depois opera.*

Naquele dia, sonhei com o *maledetto* e mamãe abraçados no caixão, ele de avental branco, ela com vestido preto de renda. O corpo de um estava voltado para o do outro. Mas o rosto não era visível, como se *maledetto* e *maledetta* precisassem se esconder.

O médico saiu do quarto e a primeira visita chegou, o zelador do prédio onde mamãe morava.

— Geraldo... é você mesmo?

— Sou eu.

— Então, me tira daqui. Só você pode me ajudar.

— Como?

— Tem um ladrão no prédio... uma quadrilha que vai roubar todos os apartamentos. Preciso ir para lá imediatamente. Minhas joias estão no cofre, mas eles arrombam. Não tem cofre que resista. Vão aproveitar a sua saída... O chefe da quadrilha se chama Belzebu... tem um olho só. Os outros obedecem. Chama a polícia, porque nós estamos nas mãos dele... Chama logo!

Geraldo olhou para mim como quem pergunta *o que eu faço?*

— Vai andar com ela no corredor, fazendo de conta que está indo para o prédio.

Que outro recurso havia se não o *faz de conta* na situação em que nós estávamos? O zelador é inteligente. Ajudou mamãe a descer da cama, pegou no braço dela e falou carinhosamente.

— Vou tirar a senhora daqui. Vem comigo.

— Você me leva para casa?

— Levo, claro.

A segunda visita do dia foi a de um primo.

— E você, tia, como vai?

— Já estou pronta para outra.

Não é preciso dizer que nós rimos. Perdeu a razão, o humor, não. Só que o custo da vida era a dor, o delírio...

Como a morte natural para mamãe só existia quando a pessoa não toma a decisão de morrer, ela entregou a vida ao médico, que tratava qualquer sintoma tratável. Do contrário, poderia ser culpado por omissão de socorro. A responsabilidade pelo prolongamento da vida nem é dele, é da lei.

Sei de um professor que viveu anos com um linfoma e, no fim, recusava atendimento. Queria dispor do próprio corpo. Acabou recorrendo a um amigo que se drogava.

— Você é meu amigo mesmo?
— Sou, claro.
— Então, me ajuda...
— Como?
— Não aguento mais... preciso de morfina... a dose letal. Vê se me consegue isso.

O amigo conseguiu e o professor morreu contente. O rosto no caixão não revelava sofrimento, ele se foi com o sorriso do desapego... um sorriso igual ao do Buda. Mas, antes, considerou a hipótese de dar um tiro na cabeça.

Até quando será necessário ser violento consigo mesmo para morrer? Ou ter que agonizar antes do fim? Só quem não presenciou a agonia é indiferente a ela. Já eu vi uma pessoa agonizando, arfando tão desesperadamente que o enfermeiro saiu do quarto. Não suportou olhar o doente tentando inspirar a vida pela boca. Um esforço tamanho que a maca quase virou. Quem se esforçava já não era ele, era o corpo. A morte natural é assim. Deixar isso acontecer é uma barbárie. Bom seria que os cientistas se valessem da mutação genética para acabar com ela, nos livrar do sadismo. Só seria possível se o sadismo figurasse entre as características que os cientistas querem mudar.

A enfermeira contratada para ficar à noite faltou.

— Não aguento trabalhar todo dia. Ninguém aguenta. Cansativo demais. Posso vir dia sim, dia não.

Danda entrou em cena com a determinação habitual dela.

— A patroa tem dinheiro no banco. Não foi à toa que ela juntou, tem que ser bem tratada.

Danda não queria saber de economia e mamãe muito menos. Vivia inclusive dizendo que pretendia gastar o dinheiro todo antes de morrer. Nada mais legítimo. Até porque eu só precisava de liberdade, de tempo para viver.

Nos primeiros dias depois da operação, por causa do Seroquel, mamãe mal conseguia ficar de pé. Ao se levantar, parecia um saco com dois braços pendentes... um boneco de neve. Só tiravam da cama para levar ao banheiro, ia cambaleando, mexendo os lábios sem dizer nada. O italiano falou que era mussitação. Resmunguei *maledetto*. A palavra *mus-*

sitação servia para mostrar que tudo estava sob controle, o que não era verdade. A palavra era a expressão da arrogância dele.

No hospital, eu bendizia as horas em que ela roncava e eu podia ler. Por que os pais não evitam cair do mezanino para não torturar os filhos? Ou melhor, as filhas? São as mulheres que se deixam tiranizar. Por isso a enfermagem é uma profissão feminina. O médico visita o doente e prescreve. Quem se ocupa do sangue, das fezes e da urina é a enfermeira.

A maioria das mulheres é educada para ser masoquista... *História de O...* um milhão de exemplares. Não há masoquismo maior do que o de O, a heroína do romance. Só existe a fim de obedecer aos imperativos de René. *Tire as ligas... a calcinha... suspende a saia e a combinação. Agora, sente diretamente em cima do banco*, diz ele no táxi para o castelo, onde O vai ser chicoteada até as lágrimas. A dor física e moral para O, que é entregue de olhos vendados a qualquer um que a desejar. Quanto mais humilhada, melhor. Como se não bastasse, deve considerar que ser violada é uma honra.

Os médicos impregnaram e desimpregnaram mamãe, diminuindo a quantidade de Seroquel. Nem por isso o delírio passou. *Os moradores do prédio estão nas mãos de Belzebu. Sei disso porque sou vidente. Não entendo por que o médico não me dá alta. Quer me eternizar neste quarto de hospital? Por que não me põe logo num frigorífico? O italiano tem inveja da minha saúde. Quem está doente é ele, e não eu.*

Finalmente, o médico deu alta, alegando que as pessoas se recuperam melhor em casa e acrescentando uma explicação óbvia: "o idoso não se reconhece no ambiente do hospital."

A volta para casa foi um sufoco. Alugamos ou não uma cama de hospital? Se deixar na cama dela, pode cair. E uma cadeira de rodas? Compramos ou não? "Aluga e depois devolve", a Danda disse imperativamente. Sonhava com a patroa andando como antes, e a Danda não pedia, mandava.

Mamãe não quis saber da cadeira. A fisioterapeuta deu uma bengala, que ela também não aceitou. Preferia se apoiar na mão de alguém. Fui obrigada a contratar três cuidadoras. Não sei como consegui. Os que fazem bem o trabalho são poucos. Além de supor certos conhecimentos, requer uma paciência de Jó... suportar os caprichos e as manias.

A patroa voltou para casa, comentava a Danda, feliz. Só que, por conta do delírio, queria andar o tempo todo. Precisava se certificar de que não tinha sido roubada por Belzebu. *O castiçal de prata está no lugar? A bandeja de bronze? O vaso chinês?* Outro problema eram as visitas. A cuidadora não tinha como acolher. Quem ia fazer isso se não eu? Vida própria é para quem nasceu homem ou mora longe da família. Até nova ordem, eu sou mulher e moro perto.

A casa foi transformada no melhor dos hospitais... barras no quarto, no banheiro e no corredor para garantir um mínimo de independência. Três listas na parede da copa: a dos responsáveis — o médico, as cuidadoras, a fisioterapeuta e o acupunturista — a dos medicamentos e a dos telefones úteis. As listas eram refeitas em função das mudanças. *Passa para o dobro, diminui para a metade, acrescenta meio comprimido... O que mais o* maledetto *vai pedir? Acha mesmo que eu posso ficar o tempo todo de plantão?*

A escolha e a supervisão das cuidadoras era eu que fazia, claro, e também lia os relatórios diários — escritos tanto para mostrar serviço quanto para reafirmar a distância entre a cuidadora e "a paciente". Noutras palavras, depois da operação, mamãe ficou hospitalizada em casa sob a minha responsabilidade. Caiu no meu colo masoquista e ficou. "A morte tem que ser natural." Só que, de natural, a vida dela não tinha nada, e o preço quem pagava era eu. *Não sobe no mezanino. O quê? Sobe, desce, sobe desce, cai e opera.*

Não precisa aceitar limites, tem a filha, a cuidadora, o maledetto... tem dinheiro no banco. O culto da vida pela vida é insano...

Não seria melhor que ela fosse transferida para um lugar especializado na velhice extrema? Óbvio que não foi um depósito que me veio à cabeça, um lugar no qual os velhos não têm privacidade alguma, dormem em camas que se tocam e sequer dispõem de um armário para os pertences — banheiro sem antiderrapante. Também não pensei num lar qualquer, só feito para segregar os velhos, onde eles ficam afastados da família, tendo que respeitar todas as normas — dormir, acordar e comer sempre na mesma hora —, não podendo decidir nada... meros resquícios, restos de si mesmos. Pensei num lar qualificado. Mas, por maior que fosse a qualidade, mamãe viveria só entre desconhecidos.

O fato é que a vida dela, depois da operação, se resumia a acordar, comer e dormir, além de tirar ouro do nariz na frente da televisão. Passado um tempo, a fisioterapeuta achou que ela precisava reconquistar mais espaço. A fim de que ela fizesse com gosto os exercícios, cantava "marcha soldado, cabeça de papel...".

Marcha soldado, cabeça de papel... Com isso, mamãe quis ser independente de novo e se esforçou para que a sua condição não fosse de vida suspensa. Porém, vida ativa, como antes, não foi mais possível.

    Sozinha ela não andava. Só com outra pessoa. Às vezes, fazendo pouco de si mesma, dizia que era levada de um lado para o outro "como uma peteca". Peteca era eu, que ia e vinha em função dos caprichos dela. *Sua mãe quis fazer os pés antes de operar, tem que pagar... Sua mãe está sem o remédio da noite... tem que comprar... Sua mãe...*

Apesar de contrariada, eu secundava os médicos, supervisionando tudo. Pedi que só dessem café descafeinado e pão integral, por causa da diabetes. A conversão da farinha integral em açúcar é menos rápida e mamãe não seria obrigada a tomar tantas injeções de insulina.

    Passados alguns meses depois da queda, ela foi a uma primeira festa, se fartou de beber e comer.

    — *Prosecco?* Quero mais.

    A cada copo, ela brindava com quem estivesse por perto. Servia-se de todas as guloseimas como se fosse a última vez. Ou, talvez, simplesmente por não ter memória. Logo depois que a amiga saiu, me perguntou: "Por que ela não veio?".

    Como não veio? As duas ficaram o tempo todo juntas... Será demência? Recorri ao dicionário. Nenhum dos sinônimos de *demência* dava conta do recado:

alienação, alucinação, delírio, desatino, desvario, insânia, loucura. Busquei a origem da palavra e encontrei *de-mens*, que significa separado da mente. Fui obrigada a concluir que, por não se reconhecer no que vivia, ela agora estava demente, separada de si mesma.

Não foi fácil. Aceitei e, como ela adorava ser convidada, fui buscá-la para um almoço em casa, festa de aniversário do meu filho, 33 anos. Mamãe deu os parabéns pelos 73. Nós rimos, e ela também. Depois do riso, se saiu com: "Me enganei. Quem não se engana? Parabéns pelos 53, meu neto."

A aparência era excelente, porém a cada dia se tornava menos ela mesma. A ideia de que isso possa acontecer comigo me aterroriza. Que razão os outros teriam para me frequentar se não pudessem me encontrar? Eu poderia inclusive ser tomada com toda razão por um fantasma.

Além de não dizer coisa com coisa, mamãe não enxergava um palmo na frente do nariz. Quando alguém se aproximava, dizia *saudade* ou fazia um elogio. Perdeu a memória e a vista. A capacidade de seduzir e obter o que queria, não. Se pedisse algo e não fosse obedecida, dizia: *vou contar para minha mãe.*

Certa noite, estávamos sozinhas na sala, as cortinas fechadas e uma única luz acesa. Como sempre, eu escrevia e mamãe dormitava, roncando baixinho. De repente, ela rompeu o silêncio com uma pergunta inesperada.

— Até quando eu vou ficar?
— O quê?
— Até quando?

A pergunta ficou sem resposta, e eu me disse que não havia mais como esperar qualquer coerência. Engano meu. Mamãe não deixou de ser coerente e considerar que devemos ser surpreendidos pela morte. Só fez a pergunta porque a incerteza a angustiava. Possível que não quisesse mais continuar viva por isso. A condição dela vai se tornar a de um número cada vez maior de pessoas. Por que não podemos determinar o dia e a hora do fim? Ser assistidos na morte como no nascimento?

Não havia nada que eu pudesse fazer por ela. Para "conversarmos", precisava falar em câmera lenta.

— Tem pão?
— A pa-da-ria não a-briu.

A tudo ela respondia *pronto*. Depois, o *pronto* perdeu uma sílaba e virou *pron. Me ajuda a levantar, pron. Me ajuda a sentar, pron. Fecha a janela, pron.*

A humanidade dela estava na minha memória e no beijo que ela fazia questão de me dar quando eu chegava e dizia o meu nome. Visualmente, não me reconhecia. Era preciso ser de ferro para aguentar.

Um dia, inesperadamente, ela me disse *como era bom o tempo em que eu vivia*. Pensando na frase, deduzo que a velhice extrema é uma morte que não para de se renovar. A pessoa suporta porque não tem memória... só lampejos de memória. Repito que por nada eu quero isso. Uma coisa é suportar o que a gente não pode evitar. Outra é recusar o que pode ser evitado, como a decadência e o medo de ser surpreendido pela morte.

O mal-estar era tamanho que eu saía da cidade todo fim de semana. Se o telefone tocasse no quarto do hotel, eu me assustava. Quase sempre, era a cuidadora dizendo que faltava um ou outro remédio ou acrescentando que nunca tinha visto recuperação igual. Eu tomava nota do remédio, me perguntando de que recuperação se tratava. A da independência? A da vista? A da memória? Depois, engolia um sonífero para esquecer mamãe, que mais parecia uma casquinha ambulante. Às vezes, me fazia pensar numa aldeia abandonada.

Assim que eu voltava de viagem, ia na casa dela. Envolvia a casquinha com os braços e beijava sua testa, que ficou ao alcance dos meus lábios, de tão baixa que ela se tornou. Um dia, estava com um vestido marrom da cor dos cabelos, e eu tive a impressão de ver uma formiga gigante. Beijei a formiga com saudade do "tempo em que eu vivia."

Por sorte, ela não enxergava a própria transformação e era mais feliz do que eu. Achava tudo lindo. Uma estatueta de madeira que estava na sala há trinta anos... um tapete persa já bem gasto... a mesma eterna vista da janela. Nessas horas, eu entendia por que ela queria viver.

A velhice extrema pode fazer o que o ópio faz: dar uma sensação contínua de bem-estar. Certo dia, ela elogiou a estatueta da sala de cinco em cinco minutos, e eu entendi que ela vivia contente, porque, graças à perda da memória, não parava de se surpreender. No palácio imaginário onde mamãe morava, tudo era maravilhoso, porque ela enxergava com olhos de criança. Talvez nada seja mais vital do que a surpresa, razão pela qual eu punha o pé na estrada sempre que podia. Ainda que para se surpreender não seja preciso viajar. Basta deixar que a realidade se apresente de modo novo. Dependendo do olhar, a mesma árvore, que parece existir só para dar sombra, pode se transformar num refletor de luz.

No hospital, mamãe chegou a morder uma enfermeira. Já na casa, demonstrava afeto pelas cuidadoras. Transformava as pessoas de quem precisava em aliadas.

Estava diminuída, mas nem por isso deixava de pôr limites. Um dia, durante o almoço, tirou a dentadura e colocou ao lado do prato. Horrorizada, a cuidadora tentou pegar.

— Com que direito você faz isso?

— Desculpe.

Mamãe não quis desculpar. Agarrou a dentadura com uma força inimaginável e acrescentou que ninguém tinha o direito de mexer em coisas pessoais. Fiquei perplexa. Verdade que a prótese é pessoal, porém isso nunca havia me ocorrido.

Antes de se tornar uma formiga gigante, se sentava à mesa e, durante a refeição, repetia *je m'en vais, tu t'en vas, il s'en va*, valendo-se da língua francesa para dizer aos outros que ninguém escapa da morte. Parecia brincar de esconderijo com ela. À força de repetir *je m'en vais...* não parava de viver. Não estava nas mãos de Deus, estava nas próprias.

Óbvio que, num lar de idosos, ela não teria resistido tanto. Memória recente, depois da operação do braço, ela não tinha, mas ainda tinha memória do passado. No lar, a estatueta de madeira, o tapete persa e a mesma eterna vista poderiam fazer falta. E o que dizer da ausência da Danda? A menos que a Danda conseguisse um emprego no lar. O que não seria impossível, de tanto que ela amava a patroa. "Tenho que agradecer. Não sabia nada quando cheguei aqui. A patroa me ensinou tudo e ainda me pôs na escola. Aprendi a ler e a escrever. Já imaginou o que é ser analfabeto?"

Mamãe abriu para Danda a janela do mundo e a gratidão foi eterna. Pouco importava ser a eterna empregada. Tudo ela fazia com o maior contentamento, ensinando a celebrar cada instante, aquele em que o sol luzia e o outro em que a chuva "refrescava". Como a patroa, ela não concebia a morte. Sobretudo a da mulher que havia sido sua segunda mãe.

Uma das cuidadoras veio me contar que mamãe teve um sangramento no ânus. Marquei e desmarquei consulta no proctologista. Por ter me lembrado do escândalo que ela fez no hospital quando o enfermeiro a limpou. "Nunca antes um homem viu o meu traseiro."
A cada vez, meu modo de agir era diferente. Pedi às cuidadoras que me consultassem antes de chamar o médico. Salvo mal-estar grave. Neste caso, era óbvio que mamãe precisava ser socorrida. Mas isso ainda estava por vir.
No fim do ano, sugeri que ela fizesse uma distribuição de dinheiro, um presente de Natal, além do décimo terceiro, para as cuidadoras. Fui chamada de ladra. Me aborreci.
— Você está me acusando de roubo. Onde já se viu isso, mãe?
— Onde já se viu digo eu, filha. Nunca te acusei de nada.
No dia seguinte, encontrei-a no quarto contando dinheiro.

— Vai fazer a distribuição que eu sugeri?
— Não.
— Então, para que contar dinheiro?
— Para ficar aqui olhando o céu.

O que *olhando o céu* podia significar? Não era para ver o azul, porque ela mal enxergava. Talvez fosse para se comunicar com o marido e falar do encontro futuro.

Mamãe só saiu do rio de lama em que andou depois da morte do marido porque o diálogo com ele continuou. Assim que a lida do dia terminava, ela se trancava no quarto para conversar com ele. Ninguém precisa estar em carne e osso para estar presente. Depois de pôr música no aparelho de CD — *O cravo bem temperado* —, sentava numa das cadeirinhas da mesa do quarto, deixando que ele se sentasse na outra.

— E então, querida?
— Diz *querida* mais alto.
— Vou dizer. O que você me pedir eu faço, você sabe.
— Sei que o meu desejo é o seu.
— Isso ninguém tira de nós...
— Acordo e durmo ouvindo você tocar flauta. Queria ser flautista também...
— O seu dia foi bom?
— O meu dia é bom sempre porque você está ao meu lado.

Nenhum falava com o outro para resolver isto ou aquilo. Somente pelo prazer de falar... e o amor venceu a morte. Passaram mais anos assim do que juntos na terra, e eu vivi à sombra destas duas árvores de um tronco só.

Graças à rememoração, mamãe impedia que eu ficasse órfã de pai. Apesar de ter ido embora, o pai continuou presente, porque ela dizia *não estando estás*.

Mas, depois da sua morte, ela se fechou em copas. O caminho da rua, ela só tomava para ir ao banco ou ao mercado. Vivia na cidade como se estivesse numa aldeia e nunca mudou. À sua maneira, reinou como esposa e viúva do moreno... reinou pela fidelidade a si mesma.

Aprendeu com o tempo que, para estar bem com todos, precisava aceitar cada um exatamente como era. Dizia *deixa pra lá* e ia em frente, contemplando com um só olho o sol e as estrelas, que ela de fato via ou imaginava.

Por sugestão de uma cuidadora, assisti a uma aula de fisioterapia no quarto do apartamento, já preparado para isso. Sentada na cadeira, a aluna — mamãe — abria e fechava os braços, levantava uma perna depois a outra... enérgica e prazerosamente. Naquele dia, fez os exercícios dizendo *um dois três* em várias línguas para me impressionar, mostrar que estava disposta. Só faltou eu cantar *marcha, soldado, cabeça de papel*.

— Sua mãe é mais forte do que eu.

— E o braço?

— Você não viu que ela joga a bola de uma para a outra mão? Nem se lembra da fratura.

— Acha mesmo?

— Tenho certeza.

— Então, pede para ela mostrar.

Constatei que a fisioterapeuta estava dizendo a verdade. Mamãe jogou a bola dez vezes e eu aplaudi... Era uma proeza, tinha reconquistado inteiramente o braço.

Terminada a aula, me surpreendeu de novo, sugerindo que eu me cuidasse. Deixei de ser órfã e voltei a ser filha... readquiri antigos direitos. Comprei logo uma passagem para a praia. Ficaria dois dias olhando o ir e vir do mar, a crista da onda se espraiar. Andaria descalça quando a maré estivesse baixa, existiria só para o vento, que acaricia o rosto, e para olhar as palmeiras abanando o céu. Haveria de deitar numa espreguiçadeira da praia, durante a maré alta, ou nadaria em alto-mar, me deliciando com a transparência da água e a corrente fria nas pernas.

Dois dias fora da cidade para estar onde eu imaginasse e ficar quanto tempo quisesse — ser de novo eu mesma, ouvindo os passarinhos e o farfalhar das folhas... o zunido das abelhas ou o canto alto da cigarra no final da tarde. Naquela época, só a natureza me aplacava. O direito à praia era como uma alforria.

II

Bastou pôr o pé no avião para que mamãe passasse mal. Trombose pulmonar múltipla, insuficiência respiratória aguda... Voltei correndo. A querida não podia ficar deitada, estava arfando no sofá, respirando por uma sonda ligada ao oxigênio, de olhos fechados. Pus a mão na cabeça dela, dei um beijo na testa e disse o meu nome.

— Sou eu, mãe... Lúcia.
— Pensei que não fosse mais te ver.

O sofrimento no rosto era intenso. De tão inchados, os olhos estavam reduzidos a uma fenda. Uma lágrima, que mamãe tentava enxugar, pendia em cima do nariz. A boca só desentortava quando dizia alguma coisa.

Tive ódio dos que estavam à volta, olhando e temendo a parada respiratória. O ódio serviu para afastar a tristeza. A fim de ficar calada, recorri ao "eterno caderno". Consegui evitar a manifestação descontrolada de raiva, escrevendo.

Mamãe fala de si mesma como nunca falou antes. Achou que não fosse me ver mais. Morreu quando puseram o oxigênio. A saturação está baixa! O pulmão, tomado. Basta tirar o aparelho e ela se apaga. O médico não quer que ela morra, a fisioterapeuta, a enfermeira... Entra, sai, protege a moritura. Só que a moritura é minha mãe. Uma ronda surda de urubus... Ouço o pulmão da centenária se finando. Mamãe é uma bandeira a meio pau. Por que temos que passar por isso? Quero a morte dela, a liberação. Me beija e me diz que a nossa vida foi ótima. Ter tido você... um neto como seu filho. Me beija como se fosse a última vez.

Contrariando o veredito dos médicos, mamãe sarou de novo e ainda fez pouco deles. Uma trombose? Qual nada, uma pneumoniazinha! Mais de uma vez, eu a ouvi dizer que as certezas da medicina são duvidosas. Com toda razão. Por maior que o avanço científico seja, até prova em contrário, a medicina depende da lua e do humor. O tratamento que serve para um não serve para o outro. A abstinência que favorece um é mortal para o outro.

Nenhum diagnóstico é mais importante do que o desejo de viver. Freud diz que a pessoa só morre quando deseja. Se for verdade, é preciso se preparar para um estiramento sem fim da vida. Mas só faz sentido continuar com independência e memória, se a pessoa não ficar quase cega e surda como mamãe, que sarou da pneumonia em termos. A dificuldade de respirar deixou sequelas.

Um dia, ela estava sentada ao lado da cuidadora, no jardim do prédio, e eu fui me aproximando devagarinho.

— Sua filha está aqui!

Mamãe não reagiu. Dei a volta para ela me ver e me ouvir. Só então percebeu que eu era eu. O momento em que a mãe não reconhece mais espontaneamente o filho é dramático. A partir daí, o único jeito é ouvir os Beatles e se dizer *let it be...*

When I find myself in times of trouble,
Mother Mary comes to me
Speaking words of wisdom, let it be... let it be...

Naquele dia, me lembrei da frase de um amigo: "A vida tem um sentido, uma direção, uma inclinação, que, de certa forma, não depende de nós. Podemos acelerar ou desacelerar, resistir, mas o sentido da inclinação não muda." Ao ler a frase, entendi por que eu gosto do amigo. Aprendo com ele a aceitar a realidade e a me desgastar menos. Me digo que tudo passa e fico mais apaziguada.

O fato é que mamãe estava destinada ao fundo negro do esquecimento... ao precipício, e, se eu não me segurasse, caía junto.

Com a esperança de reencontrar a mãe que eu tive, telefonei para a cuidadora e convidei as duas para o almoço. Chegaram na hora certa, a moça com um pacotinho na mão.

— O que é isso?

— Sua mãe fez questão que eu trouxesse este presente...

Abri o pacotinho. Um guardanapo velho amarrado com uma fitinha corroída. Mas nunca um presente me comoveu tanto. Mamãe me dava agora o que ela não tinha. Quem ama dá o que não tem, e ela me presenteou com o desejo impossível de me presentear como antigamente.

Para entender o que estava acontecendo, telefonei para o amigo neurologista. Como podia ela ter esquecido que eu estava na cidade e depois aceitado o convite, me levando um presente?

— A pessoa perde as associações mais recentes e só constrói novas se estiverem relacionadas a comportamentos.

Precisei pensar no que ele disse, mas entendi. A associação que mamãe havia perdido era a de que eu me encontrava na cidade. A associação nova era relativa ao convite para o almoço. Tenho tanto horror a esta perspectiva que usei maiúsculas para dar ênfase.

Os cientistas querem impedir o envelhecimento. Já conseguiram isso com os vermes. *Bella roba!* Não passa pela cabeça deles que o nosso mundo não é o laboratório e a imortalidade pode ser insuportável. Sem sofrimento, a vida não existe. Quem não está exposto à dor? Por que temos que suportá-la infindavelmente? Não é por acaso que *morrer* é sinônimo de *descansar*. Quem sabe da gente é a língua. Com ela, a gente não para de aprender... um tesouro que não acaba nunca. Não sei de um bom dicionário que não seja atualizado repetidamente. As palavras são como nós, têm uma vida íntima e vão mudando de natureza.

Almoçamos. Me propus então a ler uma das cartas da correspondência dela com o noivo, datada do tempo em que ele estudava noutra cidade.

Por saber que mamãe adorava a correspondência, primeiro mandei fazer uma cópia com a letra aumentada. Assim, ela continuaria a ler na hora em que bem entendesse. Quando ficou difícil, comprei uma lupa. Mamãe segurava a lupa com a mão e lia em voz alta para quem quisesse escutar. No fim, o prazer da leitura se tornou impossível. Treinei uma das cuidadoras para ler e levei uma cópia do original para casa. Sempre que possível, eu mesma lia para ela, ora sendo o noivo, ora a noiva.

— Lê. Pode ler.
— Qual das cartas?
— A que você quiser... todas são bonitas.

Peguei uma ao acaso. O moreno esperava uma carta, bendizendo a saudade que a noiva era a causa. "Um sentimento que até pode fazer mal, mas, na verdade, é um bem. Quem sente saudade não fica sozinho."

Mamãe não entendeu o que eu li, mas ficou feliz por eu ter lido. Só o que contava para ela era se saber amada. Isso, obviamente, requeria esforço. O diálogo era coisa do passado, e eu nem posso dizer que monologava. Quem monologa se escuta e atenta para o sentido da própria fala. Já eu me limitava a responder às perguntas, suportando a repetição, demonstrando amor. Mamãe precisava tanto da demonstração quanto da comida, apesar da dificuldade de se alimentar sozinha.

No meio da leitura, o telefone tocou, e eu tive que atender. A cuidadora me substituiu. Por estar lendo pela primeira vez, fez isso com mais interesse do que eu. Parecia degustar cada palavra dos noivos.

Não sei que vocação é preciso ter para cuidar de idosos. Mas sei de um cuidador que foi procurar um analista a fim de suportar o trabalho.

"Se não fizesse isso, eu teria que deixar o emprego. Só pensava no que não devia. A aspirina serve para afinar o sangue. Bastava não dar, e o senhor morria.

Os olhos baços continuavam abertos, mas não havia nada que ele visse, como não havia nada que pensasse. Só dizia Deus é misericordioso. *De noite, apesar do Dormonid, acordava mais de uma vez, pedindo para sair. Na verdade, não pedia, mandava porque esta era a ordem da filha, que pagava as contas. Fui contratado para servir à noite, com a recomendação explícita de evitar acidente e resfriado. A duras penas, conseguia pôr o robe de chambre nele, um roupão todo puído, que não fechava na gola, mas ao qual ele era mais apegado do que um cachorro ao dono.*

Se por acaso se resfriasse, a filha caía de pau.

— Você é mais bem pago aqui do que em qualquer outro lugar.

Não podia haver o menor descuido. No ano passado, ele pegou uma pneumonia, porque saiu num dia de inverno. Insistiu e o cuidador, que era novato, cedeu. Foi despedido, claro.

A filha não queria que o pai fosse desobedecido. Mas quem cumprisse uma ordem absurda era demitido. Uma situação impossível. O homem queria ficar o tempo inteiro com seu relógio preferido. Um relógio de ouro falso. O verdadeiro, a filha pôs no cofre. "Pode ser roubado por essa gente toda que fica dia e noite na casa." *A filha é uma mulher estranha. Contratava as pessoas, mas desconfiava delas... todas obrigadas a fazer de conta que não sabiam da desconfiança. Por sorte, o filho caçula do senhor era diferente. Conversava com os cuidadores... talvez por ser médico.*

De manhã, o homem só abria os olhos depois de ser chamado várias vezes. Na hora do almoço, repetia fome, fome, fome. *Mendigava a comida e depois lambia o prato. A cozinheira se sentia recompensada e se tornava mais devota do que já era. Assim que a refeição acabava, ele repetia* banheiro, banheiro, banheiro. *Morava com os cuidadores, que eu supervisionava. De todos, o mais bem pago era eu, claro. Só continuei lá por isso. O dinheiro compra até a sombra da gente...*

O senhor, de repente, deu de fazer cocô e dizer:

— Não puxa a descarga. Olha aí dentro, vê o que saiu.

Enquanto eu não obedecia, ele não sossegava.

— Já olhou? Agora, limpa direito.

Será que ele gostava de me humilhar? Não sei. Talvez nem percebesse que estava me humilhando. Fiz curso para ser cuidador e sou católico apostólico romano. Sou do bem, acredite. Porém, não aguentava mais. Um trauma de infância talvez? Nunca pensei que precisasse de um analista!

Se eu pudesse, teria largado o emprego. A ideia fixa de não dar a aspirina me apavorava. Acho até que os outros cuidadores sabiam o que eu pensava. Nunca falei disso com ninguém, mas eles adivinhavam.

Quando o senhor completou cem anos, a filha fez uma festa de arromba. Por ele gostar de dança, até um casal de dançarinos de tango havia. O homem apareceu vestido como numa foto da juventude. De tanto bater palma, o aniversariante passou mal. Quase teve um enfarte. Mas, entre os convidados, alguns ficaram com inveja. Cem anos!

Depois, foi cento e um, dois, três... e, a qualquer palidez, o clínico mandava refazer os exames. Se valia da doença para prolongar mais um pouco a vida do senhor. A palidez então não é normal quando o fim se aproxima? Até quando a sarabanda da velhice extrema deve durar? Nem sei por que usei a palavra sarabanda. *Mas é disso mesmo que se trata, um movimento incessante, vai e volta, vai e volta... do quarto para a sala, da sala para o quarto... da casa para o hospital, do hospital para a casa...*

Não é possível aceitar tanta insensatez. Vários cuidadores, sem falar na fisioterapeuta e no médico. Só para ir do quarto até a sala de almoço ou o banheiro. Verdade que o banheiro era de hora em hora ou até menos, dependendo da quantidade de Seroquel.

O senhor tinha nojo de si mesmo e queria se lavar o tempo todo. Nojo das fezes que fazia questão de mostrar, ele não tinha. Um dos cuidadores foi embora por causa disso. "Obrigado a olhar cocô de velho até quando? Nem mesmo o de criança, que tem bundinha de anjo..."

A velhice extrema é uma batalha perdida, para não dizer um massacre. Não quero viver para além do limite. Se me perguntarem hoje qual é o limite, eu não sei dizer. Mas, oportunamente, eu vou saber.

Também escrevo para saber quando e como desejo ir embora. Não quero que me aconteça o que aconteceu com mamãe. Ninguém pensa sobre o fim. Mas quem pensa pode se preparar e sofrer menos. Verdade que, a partir de um certo momento, mamãe já não sofria.

"Sem memória da dor, não há sofrimento", me disse o amigo neurologista. Afora a vontade de comer, ir ao banheiro ou dormir, nada mais importava para mamãe. Vivia para as funções vitais. Salvo quando eu a estimulava a fazer alguma coisa. Mas só sentia prazer porque *eu* havia estimulado. Também para sentir, ela dependia dos outros, que nem sempre consideravam útil estimular a velha senhora.

Por razões biológicas, mamãe ficou *zen*. Não precisava da meditação para se livrar dos pensamentos. Tornou-se uma contínua presença-ausente para si mesma e para os outros, ainda que, de vez em quando, nos surpreendesse. Um dia, o neto fez a pergunta mais inesperada.

— Você gosta de sexo?
— Sexo com amor é bom...

Mamãe levou a sério a pergunta destemida do neto. Os dois se espelhavam um no outro.

Apesar da idade avançada, ela preservava certos traços característicos. Além do humor e da delicadeza, a certeza de ser atendida sempre, fosse qual fosse o pedido. Não havia nada que me fizesse lembrar tanto da mãe que eu tive quanto ela mesma. Por isso, apesar da decrepitude, eu queria, mas não desejava realmente, a sua morte.

Me privaria do carinho que se manifestava quando ela dizia que sua saúde era perfeita, embora logo acrescentasse: "Por quanto tempo ainda?".

Me certificava da continuidade da sua vida e logo anunciava a separação definitiva. Usei a palavra *definitiva*, porque separada eu já estava. O apego teria sido mortal. Só pude me desapegar graças ao eterno caderno.

Ainda faltam algumas horas para o enterro, e o perfume dos lírios está inebriante. O lírio era a flor que ela preferia. Sobre ele, mamãe sabia tudo. "Veio de fora. Nativo da Ásia, Europa e América do Norte. Na Ásia, as flores são menores, mas as cores são mais variadas. Tem inclusive um lírio que é vermelho. A cor tem uma significação. O lírio branco representa a pureza. O laranja, admiração e fascínio. O azul, que não é comum, representa a beleza. Os buquês mais bonitos são feitos com lírios. Mas a planta requer muito cuidado para que a flor fique bonita…"

Num dos meus sonhos, eu me via nascendo de um lírio branco.

Às vezes, quando mamãe repetia seguidamente a mesma pergunta, eu perdia a paciência.

— Não é linda esta toalha?

— É, sim.

Um minuto de silêncio.

— Não é linda esta toalha?

Tudo se acordava para que eu quisesse o fim dela. Só o fim podia me liberar. Mamãe me fazia lembrar do patrão daquele cuidador, que disse: "Os olhos baços continuavam abertos, mas não havia nada que ele visse, como não havia nada que ele pensasse."

Percebi que ela havia deixado de se importar com a minha ausência quando falei que ia viajar e ela não ligou a mínima. Contanto que uma das cuidadoras estivesse por perto...

Só o cuidado importava. Ouvi falar de um lar de velhos excepcional e me ocorreu que ela talvez devesse ser transferida. No mesmo dia, mamãe começou a repetir o nome dos familiares todos, dando a entender que desejava ficar em casa. Houve transmissão de pensamento, e ela evitou o pior. Também eu, na verdade, não gostava da ideia da transferência.

Viajei e, ao chegar, telefonei para ela. Como se ainda pudéssemos falar no telefone! Quem atendeu foi a cuidadora.

— Tudo bem com mamãe?

— Só se queixa de não comer bolo.

— Mas por que não come? O médico liberou a comida...

— A senhora também libera?

— Claro...

— Então, vou dar.

— Teve visita?

— Ninguém. Só a fisioterapeuta, e nós fomos ao jardim. Pelo menos assim ela toma sol. Pode até ser que veja as árvores.

Desligamos. O telefone logo tocou, e eu atendi um conhecido, cuja mãe morreu com mais de cem anos. Não me esqueço do que ele disse.

— Sua mãe, agora, é um totem.

— Totem?

— Se transformou num emblema... comercia com as almas. Certas vidas são verdadeiros totens. Basta olhar para ver.

O conhecido estava certo. Mamãe era idolatrada pelos que estavam à sua volta. Como o Buda pelos *bodhisatvas*. Ninguém aceitaria a transferência dela para um lar de velhos. Sobretudo a Danda, que estava sempre de olho. Não permitia que qualquer das cuidadoras faltasse com seu dever.

— A comida ficou na geladeira.

— Ofereci, mas ela não quis.

— Tem que insistir!

Mamãe "comerciava com as almas", só que ela parecia um espantalho. Não era um boneco vestido com roupas velhas e recheado de palha; era um esqueleto deformado pelo tempo e bem-vestido, que se deslocava segurando na mão de uma mulher mais jovem e que parecia existir para espantar a morte. Mamãe talvez fosse idolatrada pela longevidade. *Sobretudo, não morra para que eu tenha a ilusão de que também sou imortal...* O custo da ilusão era alto.

Sou contrária à autocomplacência, mas podia não ter pena de mim? Sempre me espelhei na querida, e o espelhamento, agora, me deixava aterrada. Se as pessoas tivessem olhos para enxergar, recusariam a vida pela vida.

Na Idade Média, não existia anestesia nem assepsia. Para tratar um ferimento de flecha, eles primeiro tiravam a flecha e daí, a fim de estancar o sangramento, queimavam o buraco com ferro em brasa. Hoje, tem anestesia e assepsia, mas também tem o projeto da amortalidade, que nos condena a deixar de ser quem somos.

Quem pode, em sã consciência, querer o que os cientistas querem? Nos transformar em amortais, seres cuja vida só acaba se houver um acidente, seres que, de tanto viver, já não terão mais nada a ver conosco. O amortal não pode ser confundido com o imortal, com o qual sonhamos desde sempre. O amortal é um ser humano que escapa continuamente à morte graças à evolução da medicina.

Mamãe foi uma quase amortal. Mas eu passei a ter com ela uma relação só de respeito. O único amor possível era o incondicional, um amor que tiraniza. Mamãe nunca foi tirânica, porém sua sobrevivência era. Não fossem as cuidadoras, eu teria sido obrigada a optar entre a vida dela ou a minha.

De tão curvada, se locomovia com os braços pendentes e os dedos voltados para a palma da mão. Uma noite, eu tive o sentimento de ver um chimpanzé... Sei que dizer isso é uma heresia. *Como pode uma filha comparar a mãe a um chimpanzé?* Uma heresia, porque nós temos a necessidade de afirmar que a espécie humana se distingue radicalmente da animal. Na Idade Média, os padres tomavam o macaco pelo diabo. Diziam que ele tentava imitar o homem, como o diabo imita Deus. Sabemos hoje que o chimpanzé tem 99% do nosso DNA e é capaz de se reconhecer no espelho, assim como nós.

Chimpanzé significa *homem falso* numa língua do Congo, o quicongo. O significado parece não ter importância, mas tem. No século passado, havia dois milhões de chimpanzés. Hoje, por conta da caça ilegal, restam apenas 150 mil. Vamos acabar com o homem falso para nos transformar em chimpanzés?

Descobri que a pergunta não procede, conversando com o amigo neurologista. Disse a ele que os médicos prolongam demais a nossa vida, e mamãe ia se transformar num chimpanzé...

— Antes fosse, Lúcia.

— O que você quer dizer com isso?

— O chimpanzé tem uma capacidade de adaptação que ela não tem. Se for estimulado, pode falar a linguagem dos surdos e se comunicar como os seres humanos. Inclusive, o bonobo, ou chimpanzé-anão, é capaz de usar o teclado de um computador para escrever, exprimir os pensamentos...

Só me restou estudar para entender melhor o amigo neurologista. O chimpanzé tem memória e é capaz de aprender. Brinca, se balança nos galhos e pula de um para o outro. Mamãe vivia cadaverizada no sofá e, se mudasse de lugar à mesa, ficava inteiramente perdida. Deduzi que, assim como existe o *homem falso*, existe o *chimpanzé falso* e mamãe nunca seria capaz de fazer o que um chimpanzé adestrado faz.

Messie, adotada pela família do curador do Museu Americano de História Natural, se integrou a tal ponto na família que até carregava o bebê. Quando ia ao museu, sentava à mesa dos curadores. Participou inclusive de uma noite de gala no Waldorf Astoria em Nova York.

Lúcia, que foi levada com dois dias para o Instituto de Estudos sobre os Primatas, se integrou perfeitamente numa família do estado de Oklahoma. Primeiro, dormiu num berço no quarto dos pais. Passou depois para seu próprio quarto, onde, além da cama, havia diferentes brinquedos. Comeu na mesma cadeira alta usada pelo filho da família e tinha um gato. Olhava televisão e abria a porta da casa para os vizinhos. Também era capaz de fazer chá: encher a chaleira de água e pôr no fogo, retirar quando a fervura começava, despejar a água na xícara e adicionar o saquinho de chá antes de se servir.

O futuro daqueles cuja vida puder ser prolongada indefinidamente será como foi o fim de mamãe, que não pode ser comparada a Messie nem a Lúcia. Haverá no futuro uma legião de *falsos chimpanzés* cuja língua será o *simiesco*, uma língua de 250 palavras inventada pelos americanos para falar com os macacos.

A vida dos que têm recursos não cessa de ser prolongada, enquanto milhões sobrevivem condenados a morrer de fome, dependendo inteiramente da compaixão. Apostamos em quem está fadado à degeneração e fazemos pouco de quem tem o futuro pela frente... O pior é que o prolongamento aumenta a possibilidade de doenças graves. Se os idosos fossem informados, não se deixariam enganar pela medicina. Quem precisa chegar aos cem com uma doença degenerativa grave e sofrer até a falência total dos órgãos?

Mamãe tão distante de mim, e a distância que só aumentava! A surdez dela me destinou à mudez progressiva. A conversa deixou de existir. A menos que a comunicação com o rosto e os gestos fosse uma forma de conversa. Uma forma igual à que existe entre os chimpanzés... Se eu telefonasse e a cuidadora dissesse que era eu, mamãe sorria. Acontecia ainda de fazer perguntas e dizer *saudade*, manifestando a falta. Com isso, ela se humanizava momentaneamente.

Não sei dizer se ela era feliz ou infeliz. Acho mesmo que a questão não se coloca. Já eu penava com a existência dela. Uma amiga me perguntou por quê? De imediato, eu não soube responder. Mas é simples. Ver a mãe enjaulada no espaço do apartamento, só andar com auxílio da cuidadora, repetir incansavelmente a mesma pergunta...

Olhava para ela e me dizia que, se o meu DNA fosse igual, eu estava fadada a viver cem anos ou mais e, portanto, precisava tomar alguma providência para isso não acontecer.

Quando ela dizia *saudade*, eu me comovia. Já a repetição me irritava profundamente. Até o amigo neurologista me explicar o motivo. Por não conseguir processar a informação, mamãe não conseguia entabular uma conversa. A repetição era a única forma de entrar em contato comigo.

Mas ninguém é de ferro. Um dia, perdi a paciência e disse que não ia responder mais.

— O quê?

— Não adianta, mãe. Você pergunta de novo.

— E daí, ora? Cem anos...

Mamãe tinha razão, claro. Nem por isso eu suportava o convívio, e, um tempo depois, ela me desestabilizou completamente.

— Me diz quantos filhos eu tenho.

— O que, mãe?

— Quantos filhos?

Nessa altura, a vida dela era totalmente artificial. Um descuido e mamãe morria. Porém, quem ousaria não dar o remédio?

Só me restava ir e vir mais livremente. Um dia, antes de viajar, fui me despedir e ela gritou: "Meu coração dói." A frase calou fundo. Me deixou desnorteada. Não sei se tive mais pena da mãe ou da filha, que havia perdido a liberdade de transitar.

Para nos alegrar, a cuidadora iniciou uma conversa.

— A senhora algum dia imaginou que ia viver tanto assim?

— E eu vou viver mais ainda... Mas quando eu vou para o céu?

Vivia esperando a morte que não vinha. Pensei comigo mesma que, se a pessoa fosse autorizada a decidir sobre o dia e a hora de morrer, haveria menos sofrimento. Nós nos gabamos de ser humanos e aceitamos passar desta para a outra agonizando como animais. Melhor morrer como o cachorro no veterinário. Uma injeção de Nembutal e ele se apaga.

O que mais atrapalha é o medo da morte. Não sei o que explica o medo. A morte em si não pode ser. Quem morre não percebe que está morrendo. Pode até anunciar a partida. Mas, na hora H, não tem consciência — não está presente para si mesmo.

Adão e Eva, o primeiro homem e a primeira mulher, só se tornaram mortais ao serem expulsos do paraíso. A partir de então, a morte ficou associada à punição. Daí, talvez, o medo. A medicina se vale dele para nos transformar em ratos de laboratório. A cada dia que passa, a duração possível da vida aumenta, e o tempo durante o qual ficamos isolados em casa ou num asilo também.

Os morredouros vão se multiplicar. Os *morituri* viverão entregues a cuidadores que só não dizem o que pensam por causa do emprego.

De que serve estar vivo como este homem? De tão enrugado, o rosto parece um maracujá. De tão corcunda, ele só pode olhar o chão.

Os dentes amarelos... um hálito que infesta o pavilhão. A orelha entupida de muco. Mas o velho faz questão de limpar as unhas o tempo todo. Banho, não há quem possa dar. A roupa que ele não troca está esfarrapada.

Nunca tira o gorro e os sapatos. Nem mesmo para dormir. No escuro, parece um fantasma. Não deixo chegar perto. Quando se aproxima, eu me afasto...

Murmura coisas incompreensíveis e, de repente, se volta para trás e dá um grito, como se estivesse sendo perseguido. Não sei se ele ficou maluco ou sempre foi. Disseram que está demenciado.

Não responde quando é chamado e não senta à mesa com os outros. Só se alimenta se a comida for posta na mesa de cabeceira, engole sem mastigar. Tem vez que ele vomita. Por sorte, não sou faxineira. Sou cuidadora e o chão eu não limpo.

Para fazer o que eu faço, é preciso levar em conta o que acontece sem sofrer... olhar sem ver e escutar sem ouvir.

Sempre que eu não estava na cidade, mamãe só via as cuidadoras. Ninguém mais a visitava, porque não tinha a possibilidade de interagir.

Achei que, se ela escutasse melhor, não seria assim. Propus trocar o aparelho do ouvido.

— Não quero.
— Mas você não está ouvindo quase nada.
— Não preciso ouvir mais...
— Por quê?
— Assim, eu fico com meus pensamentos.

Além do isolamento em que ela vivia por causa dos outros, ela própria procurava se isolar. O que ia pela sua cabeça, eu não sei. Só sei que não abria mão de certos rituais. Antes de se sentar, passava o dedo ao longo da cadeira para ver se não tinha poeira. À noite, verificava se a porta estava fechada, o lençol da cama devidamente estirado e bem preso embaixo do colchão. Só dormia depois de contemplar a foto do casamento, certa de que a foto havia ficado o dia inteiro à sua espera.

O amor foi sempre o seu maior trunfo. Na juventude, contrariando os pais, insistiu no homem que desejava. Alegou que, para se casar, só precisava do amado. Nunca passou pela sua cabeça que ele um dia pudesse não estar. Mas a realidade é indiferente à fantasia, e ela se viu às voltas com a maior das ameaças, o adoecimento do moreno. Caiu de joelhos.

Pai nosso que está no céu. Não mereço isso. Me tire a vida. Sem o moreno eu não tenho como ficar. Serei um corpo sem alma e me entregarei ao que puder me destruir...

Me tire a vida ou cure ele. Me arrastarei de joelhos, rezarei em todas as igrejas... Com o moreno, apesar de ter um olho só, eu vejo como se tivesse dois. A lua se multiplica e os eclipses também. Me cega, mas não me leva o marido. Não serei como os outros cegos. Serei como o adivinho que entendia a linguagem dos pássaros e andava como quem via... o grego. Poderei prever o futuro e ajudar o semelhante.

Mamãe implorou como ninguém. Mas não obteve ganho de causa. Perdeu o marido e não ficou cega como Tirésias, porém teve uma longa vida para chorar a perda. O luto, que nunca acabou, primeiro foi intenso e depois amainou.

Quando o moreno morreu, ela fez o possível e o impossível para evitar o esquecimento. Rememorava continuamente a história dele a fim de que a borboleta da vida batesse as suas asas.

Sou grata. Perdi o pai, mas esqueci da borboleta negra da morte, porque o pai não deixou de existir. Aprendi com ele a tirar da flauta um som forte e melodioso.

— Você precisa primeiro aquecer o instrumento, filha.

— De que forma? Com os dedos?

— Não, querida. Sopra na boquilha... o calor melhora a afinação da flauta. Sopra devagarinho.

Aprendi, naquele dia, a preparar o instrumento e a diferenciar a palavra boca de boquilha.

A certa altura, mamãe não quis saber de visitas e não se podia esperar mais nada. A VIDA SUSPENSA afugentava as pessoas. Me ocorreu que ela já não era um ser humano e eu cheguei a duvidar da minha humanidade.

Médico nenhum sabia como o cotidiano dela transcorria, e, aliás, médico nenhum sabe como a velhice extrema é. As cuidadoras se escudavam contra os sentimentos, exercendo mecanicamente sua função. Como se fossem robôs. Só estavam para vestir, lavar, acompanhar de um para outro lugar, medir a pressão e a glicemia, dar os remédios e, sobretudo, impedir uma queda. Uma delas parecia particularmente infeliz.

Preciso ficar de olho o tempo todo... Um dia bonito, e eu presa neste apartamento. A senhora não suporta o menor ventinho e manda fechar a janela o tempo todo. Se ela ao menos aceitasse a cadeira de rodas, poderíamos sair. Não aceita. Não tem a menor independência, mas se comporta como se tivesse. O aniversário do meu filho é hoje... Só posso festejar amanhã. Ninguém quis me substituir. Na próxima encarnação, tudo, menos ser cuidadora... anotar sinais vitais e bater continência para o médico. Ainda se ele viesse aqui... Só quem vem é a assistente, quando vem. Já chega tomando nota. Faz algumas perguntas, escreve o relatório e tchau. Bom dia, boa tarde é para quem tem educação. Para a assistente, só a opinião do doutor conta. Cuidador nenhum existe. Talvez porque não exista mesmo.

Depois da trombose pulmonar, ela teve uma trombose na perna. Para evitar acidente vascular cerebral, o clínico aumentou a dose de anticoagulante. Até que mamãe tivesse uma hemorragia e urinasse sangue. O anticoagulante era uma faca de dois gumes.

Não sei quantas vezes eu me despedi desde que ela caiu. O espaço da casa se tornou o teatro da nossa despedida, e eu me perguntava por que ela fazia isso comigo. Não teria sido possível nos acordarmos quanto ao dia da sua morte?

Todos são contra qualquer acordo: o médico, a cuidadora, o padre... Como se a aceitação da morte de quem está mais do que no fim fosse um crime contra a humanidade. Como se nós não exterminássemos, sem culpa alguma, quem tem a vida pela frente. Deixamos morrer de fome... destilamos o nosso ódio com napalm.

Apesar do desacordo, continuei a gostar da minha casquinha, meu espantalho, meu pequeno chimpanzé, e ela continuou a viver. Talvez por causa da autoestima. Resistia ao tempo, como havia resistido à morte de um marido que era tudo para ela. Viu o moreno, aos quatorze anos, e não arredou mais o pé do sonho de se casar com ele. Graças à determinação, se tornou uma força da natureza.

Apesar de ter perdido o olho esquerdo, nunca perdeu a confiança no futuro. De certo, por amar tanto quanto foi amada. Durante o noivado, o moreno a levava para onde quer que fosse. De uma maneira ou de outra, ela aparecia ao seu lado. Sentava-se à mesa e ele não estranhava a aparição, porque o estranho era não estarem juntos o tempo todo. Pouco importava que a presença dela fosse ilusória... era sinônimo de alegria.

Chegou o dia do casamento, do *até que a morte nos separe*, e eles disseram a frase automaticamente, sem pensar nela. Sem desconfiar que a morte começaria a solapar a vida bem antes do esperado, e ela seria viúva durante mais tempo do que foi esposa.

A decadência dela me fazia sofrer. Só a manifestação ocasional do amor me consolava.

— Fui ao oftalmologista hoje, mãe.
— O quê?
— Ao oftalmologista...
— Você teve que ir, Lúcia? Quantas vezes eu fui! Imaginava que podia recuperar o olho. Mas o que o médico disse?
— Que preciso me operar da catarata.
— Que pena, filha.

Pode o cérebro se esfarinhar, amor de mãe não acaba. Se manifestava através de lampejos de lucidez. Por isso, eu quis que ela renascesse das minhas entranhas e eu tivesse mãe até o fim dos tempos. Mais de uma vez, depois da queda, fiquei inconsolável.

Se eu ao menos tivesse um irmão para me confortar! Um outro engendrado pela mesma mãe, acalentado pela mesma voz. Um outro cujo pensamento eu haveria de conhecer e em quem confiaria mais do que em mim mesma. O irmão saberia quão importantes as palavras são e quão precioso é o tempo.

Nosso amor faria a infância se perpetuar... ele e eu nos lembraríamos das brincadeiras, jogo do esconderijo ou bola na parede. A cada palavra, um lançamento. *Ordem!* Joga a bola e pega. *Seu lugar!* Joga e pega sem sair do lugar. *Sem rir! Sem falar! Um pé*! Joga e levanta o pé. *A mão!* Joga e pega com a mão. *Bate palma! Pirueta...*

Por sorte, tenho um amigo a quem recorro quando não entendo o que acontece ou não sei para que lado ir. Soubemos que éramos amigos assim que nos vimos.

Não vou escrever que foi amizade à primeira vista, porque os amigos sempre se reconhecem assim que se encontram.

Perguntei ao amigo como era possível que mamãe continuasse lúcida sem ter memória, e ele não soube responder. Só me disse que, a partir do momento em que o cérebro deixa de funcionar normalmente, as palavras que designam o funcionamento não servem mais. Sugeriu que eu observasse para encontrar uma resposta.

O fato é que mamãe podia ainda dizer as coisas mais comoventes. Para o centenário dela, eu não sabia que presente dar. Colhi uma alamanda e ofereci.

— Obrigada por ter me dado a vida, mãe.
— Você é muito inteligente.
— Por quê?
— Por me dizer isso.

O pequeno diálogo faz sentido, pois nunca somos suficientemente agradecidos. A mãe aceita a deformação do corpo e as dores do parto. Mais ainda: suporta ignorar, durante nove meses, como será o filho. Ama incondicionalmente.

Allen Ginsberg não escreveu por acaso uma elegia para a mãe.

Estranho agora pensar em você que se foi sem espartilho & sem olhos, enquanto eu ando na rua ensolarada de Greenwich Village
rumo ao centro de Manhattan, ao meio-dia claro de inverno e eu, que fiquei a noite inteira acordado, falando, falando, lendo o Kaddish *em voz alta, ouvindo o grito cego dos blues de Ray Charles no fonógrafo* [...]

Gostaria de ter escrito "*Kaddish* para Naomi". Todos somos Allen e todos somos Naomi, nascidos para a saudade e o estranhamento... para ouvir a própria voz e a de Ray Charles cantando o amor.

The colors of the rainbow, so pretty in the sky
Are also on the faces of people going by
I see friends shaking hands, saying, "How do you do?"
They're really saying, "I love you."

Estranho pensar que mamãe morreu. De nada ela se queixou ao longo da vida. Só dizia que desejava morrer antes de ficar completamente cega. Já eu não desejo ser operada com quase cem anos, blasfemar, ser amarrada na cama, ficar dopada. Não quero me restabelecer para só andar com o auxílio de uma cuidadora. Tudo, menos me transformar num cabide de emprego... casquinha ambulante, formiga gigante, espantalho, chimpanzé...

Preciso morrer na hora que me parecer necessário. Se possível, com a ajuda do médico. Mas, pela lei, nós temos que viver mesmo sem querer. A vontade é considerada secundária. Mesmo quando a vida é um estorvo... quando nos tornamos mortos-vivos e só aceitamos continuar por medo. Uma lei que não é respeitada por ser justa, e sim por ser lei.

O que aconteceu com mamãe mostra como o fim pode ser penoso. Porém, não mostra a que ponto a lei é absurda, como demonstra a história de Vincent Humbert.

Um acidente de carro numa estrada do interior da França, aos dezenove anos, e ele entra em coma. Apesar da oposição da sua mãe, Marie Humbert, os médicos fazem o possível e o impossível para tirá-lo do coma durante nove meses. Conseguem a lamentável proeza.

Vincent sai do coma tetraplégico, só consegue mexer a cabeça e um dedo da mão direita. Sua vida se limita a ser cuidado por uma enfermeira, de duas em duas horas, e receber a visita de Marie, que deixa a cidade onde mora para ver o filho diariamente. O redivivo passa o dia na cama ou amarrado numa cadeira. Assistir à televisão é a sua única atividade. Até que ele reaprende o alfabeto com a mãe e volta a se comunicar.

Mas, quando o médico informa que, por já não fazer mais nenhum progresso, ele vai ser transferido para outro hospital, Vincent decide morrer.

— Não posso mais, mãe. Se você não me ajudar, eu me mato... uma facada no coração.

— Você está completamente louco... não consegue nem se mexer!

Vincent cai na realidade, porém não desiste. Convence Marie a convocar um conselho de família e dita uma carta: "Acabo de ser informado que, por não apresentar melhora, vou para outro hospital, com menos recursos. Não quero isto. Prefiro a morte, e a minha escolha deve ser respeitada... Se vocês não aceitarem, não quero mais saber de vocês."

O conselho de família aceita. O médico, não.

— Isso é proibido.

A reação dos enfermeiros é igual à do médico.

— Não temos o direito... sua vida não está em risco.

Como se a vida fosse sinônimo de sinais vitais: hipertensão, batimentos cardíacos, glicemia... Não sei o que a vida é. Mas tenho certeza de que não é redutível aos sinais vitais.

Mais do que decidido, três anos depois do acidente, Vincent manda uma carta para o presidente da França, pedindo que este lhe conceda o direito de morrer.

Tendo recebido uma resposta evasiva, mostra a carta para um jornalista, que a publica num jornal regional. A partir de então, a grande imprensa divulga a história e a mãe de Vincent é recebida pelo presidente da República, que se dispõe a auxiliar a família financeiramente e marca um novo encontro para dali a seis meses, depois de pedir a ela que convença o filho a aceitar sua condição.

Vincent conclui que só pode contar com a mãe e faz um pacto com ela.

— Se dentro de seis meses eu não tiver desistido, você me ajuda a morrer.

Nesse período, com a ajuda do jornalista, ele escreve um livro, alertando a opinião pública para o fato de que obrigar alguém a viver, no estado dele, é um crime. Luta para que a eutanásia deixe de ser um tabu e mais ninguém tenha que continuar vivo por não ser capaz de se suicidar.

Além do livro, que também é um testamento, ele responde às cartas que recebe. Entre elas, a de uma jovem que pergunta: "Se alguém sofre por ter consciência da sua degradação, física ou mental, a ponto de desejar a morte, pode-se dizer que é um homicídio precipitar o fim?"

Na trilha da jovem, Vincent diz: "Não é só pela eutanásia que eu quero lutar... ela é a solução extrema, a que a gente escolhe quando o sofrimento é insuportável. Quero mais do que isso. Gostaria que existissem normas nos hospitais para não reanimar pessoas que estão prestes a morrer". Acrescenta que não se trata de fazer da eutanásia uma prática aplicável a todos: "legalizar não é banalizar".

Vincent viveu pouco, 22 anos, mas não será esquecido. Marie também não. Teve a coragem de ajudar o filho a morrer, introduzindo uma alta dose de barbitúricos na sonda gástrica. Depois de ter sido presa por assassinato, foi libertada pelo Ministério Público "a fim de ser julgada em momento oportuno".

O que importa não é a duração da vida, mas a qualidade. Por isso, a *ortotanásia*, ou boa morte, é praticada no mundo inteiro. O médico não ajuda a morrer, porém deixa de evitar compulsivamente a morte e prolongar a vida. Isso ele faz suspendendo o tratamento e se limitando aos cuidados paliativos.

Convenci o nosso médico a fazer a ortotanásia, na fase terminal, e nunca mais hospitalizar a querida. Nada foi pior do que a hospitalização, e é possível que mamãe tenha enlouquecido para escapar à realidade. Desejo morrer enquanto ainda estiver em forma... não impor a ninguém sacrifícios infindáveis por ser viciada na vida. Sou viciada na independência. Só preciso decidir quando e como será o meu fim.

O suicídio é um ato de liberdade. Mas quero ser livre sem ser punida com a destruição do meu corpo. Um conhecido meu, que sabe manejar arma de fogo, pretende se suicidar no mato com um tiro no peito. Vai entregar o corpo aos abutres, como os budistas do Himalaia, cujo solo é rochoso e o enterro, impossível. O "funeral do céu" é um ritual sagrado, que precisa ser feito logo após a morte, num lugar com uma quantidade tal de abutres que o corpo inteiro possa ser comido e não haja disseminação de doenças. Para os budistas, o corpo é um invólucro vazio... a alma já não está, migrou para outro lugar.

Não sendo budista, desejo ser enterrada no túmulo da família, sob a lápide de mármore negro. Se alguém me perguntar que diferença faz, eu direi que o lugar onde os meus ancestrais foram enterrados precisa ser o meu. Lutarei para preservar o lugar, assim como os índios, que consideram sagrado o território dos mortos.

Venero a memória, porque não quero deixar de existir. Assim como eu me lembro dos ancestrais, quero ser lembrada. Um voto que se renova desde que o mundo é mundo. Nunca nos conformamos com o fim. Seremos sempre inconformados. A condição humana é esta.

Nem arma de fogo nem defenestração, como a da atriz que pulou da janela do meu prédio. O cérebro ficou exposto... o sangue escorria na calçada. Quando pediram o atestado de óbito ao médico que mora no prédio, ele negou.

— Não posso.
— Como não pode?
— Tem que chamar a polícia.
— Por quê?
— Para ter certeza de que se trata de um suicídio, e não de um crime...

A artista estava com câncer e não queria se tratar. Pediu ao oncologista que a ajudasse a morrer. Ouviu a mesma eterna resposta: "Isso é proibido."

Tomou uma garrafa de uísque e se defenestrou.

Até quando vai ser preciso pular da janela?

Não é permitido dispor da própria vida. Só que, desde sempre, é permitido matar. A história da humanidade pode ser contada através das guerras e das armas... adaga, catapulta, trabuco, tanque, fuzil, metralhadora, bomba atômica, mísseis, drones.

Quem dispõe da vida em sã consciência, faz isso para evitar o pior. Quem se autoriza a matar, impõe o pior. Nunca é demais ler os autores que escreveram sobre as consequências da guerra. Ainda que seja para estranhar a expressão *crime de guerra* quando a guerra em si é um crime.

Os especialistas dirão que o crime de guerra pode ser evitado e a guerra é inevitável, porque estamos continuamente expostos à barbárie. Uma coisa é estarmos expostos. Outra é matar. Quem tem o desejo de fazer isso não precisa realizar o desejo. A contenção é vital, e talvez nenhum ensinamento seja mais precioso do que este. A crueldade só faz aumentar... nunca as manifestações de barbárie foram tão extensas e sistemáticas quanto no século XXI.

Para matar, não há freio... o genocídio nazista, a bomba de Hiroshima, o gulag... populações inteiras exterminadas. Mas quem quer se matar, sem uma doença terminal, é considerado doente mental. Não era assim na época dos estoicos. Para eles, o homem comum vivia o quanto podia e o superior, o quanto devia. O suicídio era um ato aristocrático. Sêneca se suicidou. Antes disso, escreveu: "Sempre haverá gente para criticar... dizer que é proibido se matar. Do ponto de vista desta gente, é preciso esperar o fim que a natureza determina e a via da liberdade fica interditada. Por que devemos nos expor à crueldade da doença ou dos homens quando é possível escapar aos tormentos e se livrar da adversidade?"

O suicídio em sã consciência não é concebido, porque nos convenceram de que, seja qual for a vida, ela é boa. Seja qual for... A sacralização da vida obrigou Vincent Humbert a ser um morto-vivo. A ordem foi e continua a ser *não ajudar.*

O controle é o mais rigoroso. Receita de morfina, só com formulário especial... barbitúrico também. Mas disso eu só fiquei sabendo ao ler *Final Exit* sobre o suicídio assistido, um manual de Derek Humphrey.

Derek escreveu porque precisou ajudar a esposa a morrer. Com 42 anos, Jean, mãe dos seus três filhos, teve câncer no pulmão. As metástases se espraiaram pelo corpo, e as dores eram atrozes. Jean pediu ao marido que tentasse obter a dose letal de um remédio. Derek conseguiu. No dia marcado, ela se despediu dos filhos adolescentes e tomou o remédio dissolvido num café. Um só gole... tempo de dizer *Goodbye, my love* e perder a consciência. Passada uma hora, ela estava morta.

Convencido de que precisava ajudar outras pessoas, Derek escreveu o manual. Além de falar da nossa crueldade com os doentes terminais, ele enumera os recursos para apressar a morte. Se Vincent Humbert já tivesse escrito o seu livro, Derek poderia ter mencionado a atrocidade de que Vicent foi vítima. Aprendi, com *Final Exit*, que o fato de estar presente, durante o suicídio, não é crime.

Por outro lado, ao contrário do que eu imaginava, tomar morfina só é letal quando a pessoa não tem este hábito. Como a maioria dos doentes terminais toma morfina, Derek descarta este recurso. Recomenda barbitúrico e diz que os mais eficazes são o Nembutal e o Seconal... Nove gramas de Seconal e, uma hora depois, acabou. Desde que a pessoa tenha tomado antiemético previamente, três vezes, de hora em hora, e chá com torrada duas horas antes. Na hora H, dez comprimidos de Lopressor para relaxar a musculatura do coração.

O método é comprovadamente eficaz. Difícil é obter o remédio. Por isso, Derek luta para que a eutanásia e o suicídio assistido sejam regularizados. Considera, no entanto, que o suicídio só se justifica nos casos de doença terminal ou irreversível. Noutros casos, o desejo de se suicidar é, para Derek, uma expressão de insanidade psíquica.

Não penso como ele. Não sei se alguém deseja morrer. Mas é possível querer sem que haja insanidade. Ninguém é obrigado a suportar a degeneração progressiva. Só quem conhece o drama são os cuidadores.

Ouvi falar de um grande cirurgião mexicano que, no auge da carreira, decidiu pôr fim aos seus dias simplesmente por considerar que já havia vivido o suficiente. Organizou um jantar em casa para os familiares e, depois de muita tequila, foi para a sua biblioteca e tomou a dose letal.

Os holandeses querem legalizar a pílula da morte, o Drion, para os que não estão doentes mas desejam ir embora. Com a pílula, seria possível se suicidar sem doença. Não seria mais preciso usar arma de fogo ou se defenestrar. O fim dependeria só da compra do medicamento na farmácia. Nada é mais civilizado do que isso.

Tirante a Holanda, o mundo é arcaico. Ser moderno é humanizar o fim. O prolongamento da vida só faz sentido se o Drion estiver à nossa disposição. Do contrário, o prolongamento é cruel... expõe ao sofrimento físico e psíquico. Ninguém nasce porque quer e não há razão para impor a vida a quem quer que seja.

Quando tivermos a opção de viver ou não, a vontade de morrer terá sido aceita e a morte poderá ser planejada. A partir de então, sem deixar de ser triste, será apenas sinônimo de fim: terá se tornado uma expressão da solidariedade humana. Depois da dose letal, restará só o tempo de dizer *goodbye* e fechar os olhos em paz. Morreremos de mãos dadas com alguém, um familiar, um médico ou um enfermeiro, que fechará as nossas pálpebras e se afastará sem culpa por ter cumprido o dever sagrado de impedir o sofrimento.

O perfume dos lírios se intensificou ainda mais e as velas foram trocadas. Afora os membros da família, Danda e as cuidadoras, só os vizinhos vieram, e, sempre que alguém foi olhar o corpo, fiquei incomodada. O meu não ficará exposto. Suicídio, caixão fechado, cremação e enterro. Não me prestarei à curiosidade mórbida dos vivos.

Para os budistas, olhar o corpo é importante, a fim de se saber mortal. Só que eu sempre estive consciente da morte. Sei que a amortalidade é uma promessa absurda. O custo dela será uma transformação, que vai nos descaracterizar completamente.

Danda já chorou todas as suas lágrimas. Se quiser, pode se aposentar, está livre. Mas de que vale a liberdade sem a patroa? De tão cabisbaixa, a testa dela encosta no joelho. Só sei que veio do interior para trabalhar na cidade e não saiu mais do primeiro emprego. Olhando os prédios pela janela do apartamento, ela às vezes dizia *saudade do longe*. Não especificava de que longe se tratava. Devia ser sua terra natal. Por pior que a terra natal seja, a gente tem saudade.

Danda se dispôs a aprender todo o necessário para servir à patroa, que ela admirava profundamente. Durante os dias úteis, atendia a qualquer pedido. Mas desaparecia no fim de semana, sem nunca informar para onde ia. Tornava-se misteriosa e, com o mistério, afirmava a sua liberdade.

De tão inchados, os olhos dela agora não se abrem... parece estar rezando. Por ter sido a mais serviçal das criaturas, não imagina que a patroa possa viver sem ela no céu. Pede a Deus que seja levada com o maior cuidado pelos anjos.

Os vizinhos do prédio, que mamãe defendeu com ardor no seu delírio, irão conosco no enterro. As cuidadoras choram, porque perderam a segurança do dinheiro no fim do mês, porém não choram só por isso. Não poderão mais driblar a morte, fazendo mamãe beber na fonte de juventa, através de uma combinação sempre nova da roupa e da joia.

A senhora deixava que eu escolhesse o vestido do dia... tinha caxemira, seda e algodão no closet... *as cores todas. De brinco ela não gostava... podia chamar atenção para o aparelho de ouvido. Queria sempre um pendente, que o marido deu, uma libélula de prata. A caixa dos colares, braceletes e anéis era renovada pela filha. Quando um anel não combinasse com o colar ou o bracelete, eu dizia que a aliança bastava. Para ela, nada foi mais importante do que o casamento. Será que a senhora viveu tanto para lembrar do marido? Gostava de repetir o nome do moreno. Quando não era ela que dizia, era eu. Por causa das cartas, me apeguei e agora não vou mais ver ninguém da família. Seremos despedidas e esquecidas, como se o dinheiro pagasse a nossa dedicação.*

O carro fúnebre chegou. Mamãe será levada para o cemitério. Teria preferido ser enterrada na igreja. *Por que não fazem como antigamente? Era bem melhor...* Mamãe achava que, ficando perto dos santos, já estaria no céu. Mas o enterro na igreja era causa de um mau cheiro insuportável, o miasma, que, além de atrapalhar a missa, provocava doenças. Daí que os higienistas se opuseram à tradição, e a cidade fez um cemitério. Nele está a primeira mulher independente do país. Depois de ter se divorciado do marido, que a esfaqueou, tornou-se amante do imperador. Promovia saraus para evitar que as mulheres continuassem destinadas a se casar só com primos. Além de ser uma força da natureza, era uma feminista. Sempre houve quem tenha se indignado com a condição das mulheres.

Os túmulos do cemitério são sobretudo de políticos e celebridades. O maior mausoléu do continente está lá. Na fachada, figura um brasão da família com um anjo de cada lado. Há também vários santos, como nas igrejas. Três gerações já foram enterradas no mausoléu.

Não gosto de ir ao cemitério, embora ele seja um museu a céu aberto. Para ver obras de arte, prefiro o museu. Mas, agora, é inevitável. Vou ler a frase que mamãe mandou pôr no túmulo: O AMOR É MAIOR DO QUE A MORTE. Me deu a vida e legou uma frase para me consolar. O fim é triste, mesmo quando desejado.

Depois do enterro, vou sair da cidade. Preciso me isolar. Com isso eu talvez consiga lembrar do tempo de antes da queda, o tempo de "quando eu vivia". A morte propriamente dita, eu nunca temi. O que eu temo é o esquecimento.

Preciso me lembrar para fazer o luto... reencontrar mamãe a fim de não pensar mais só no seu fim... percorrer os caminhos dos quais ela me falou e os outros, que percorremos juntas. Através das lembranças, a querida viverá de novo e eu não ficarei tão órfã.

Quero ser ela... três anos, cachinhos emoldurando a cabeça, vestido branco de algodão... quatorze anos, idade em que ela viu o moreno e disse *aconteça o que acontecer eu vou me casar com ele*... 21, vestida com elegância, copiando a roupa das revistas de moda e usando chapéu.

Para o casamento, se preparou durante meses, bordando e repetindo *nunca te esquecerei* a cada ponto do bordado. Foi um tempo em que o sonho dos quatorze anos ia se realizando, antes mesmo de os noivos dizerem *sim*... o mais convicto *sim* que ecoou na igreja, celebrando a palavra e a paixão.

Se deixou envolver pelo mel do amor... soube dos lábios em fogo, dos seios ardentes e do âmago entre as pernas... o âmago umedecido pelo *quero mais do que ele quiser.*

Teve a felicidade de ser desejada nas noites de luar e nas outras, que o sexo do moreno enluarava. Soube o que a virilidade é e concebeu um filho. Mas conceber não é dar à luz. O ventre se alastrou em vão durante nove meses. Vieram as dores do parto e um recém-nascido destinado ao cemitério. *Por que eu não tive a sorte das mães? Que mal fiz eu?*

Só não enlouqueceu por ser quem era. Talvez por já ter perdido um olho... ter aprendido que estava sujeita à perda. Conseguiu engolir o fel e não chorou. Não queria que o moreno chorasse. Acima de tudo estava ele... o amor era maior do que a pena. *Quem engravidou uma vez engravida outra. Não lamenta a sorte, porque ela se volta contra você. Deixa as folhas tombadas e conta as flores do jardim.*

Passou-se um tempo e eu nasci. A querida se desdobrou, oferecendo o seio, me embalando para induzir o sono. Inventou uma canção de ninar. Não dormiu enquanto não pôde e não teve o sentimento de que se sacrificava. Bastava me olhar para que ela se contentasse. Via o seu rosto e o do moreno. Acariciava os meus dedos, ouvindo a flauta do moreno.

Nada foi melhor do que ter cantado para a filha e ter escutado o choro, depois o *a*, antes das palavras. Aprendeu a escutar, ouvindo o mais possível para saber como devia ser mãe. Descobriu com o tempo que não existe receita. Precisava se adequar ao modo de ser filha... não dizer o que não podia ser dito... ser contida e agir com prontidão.

De repente, a filha estava criada, em idade de se separar da mãe, que não lamentou a sorte. Continuou a só contar as flores do jardim. Não se dedicou menos do que o necessário no começo e não cobrou nada depois. Bendisse o começo e o fim, repetindo que tudo vale a pena.

Se dar bem com todos era o que mais importava. Do acordo, ela não fazia questão, porque nem sempre é possível acordar, por maior que seja o desejo de coincidir.

Quando a vida do moreno foi ceifada, passou a frequentar o céu. "Um lugar silencioso de verdade, o corpo lá faz cortesias para a alma... um sorri para o outro... maldade não existe, porque ninguém tem ambição... reina a paz. Sempre ouvi falar que era assim. Agora, comprovo isso... ele e eu trocamos ideias. Temos a eternidade pela frente e o desejo de recomeçar... recomeçar... recomeçar."

Mamãe lia e relia as cartas do moreno. Não parava de comentar. "Só o que ele me escreveu conta: 'Diga tudo que você pensou, querida... tudo será de grande interesse.' Foi meu amor e meu confidente. Morou fora para estudar. Nós nos escrevíamos três cartas por mês... e era como se o mês tivesse só três dias. O carteiro mal entregava, e eu já estava lendo. Onde quer que eu estivesse. O moreno sabia inspirar a paixão. 'Você é a mulher que todo homem quer.' As cartas são o meu único tesouro. Numa ele falava da foto que eu havia mandado. 'Estou no quarto, você está comigo, na foto, ao lado de uma janela. Nada é melhor do que te olhar.'

No dia em que o carteiro ia passar, eu já acordava de outro jeito. Cumprimentava qualquer um que se aproximasse, ria para todos. Uma tarde, eu estava no portão de casa, esperando o carteiro. Vi o rapaz subindo a rua com o malote. Desci a rua, perguntando se tinha carta. Mais uma, o rapaz me disse, com ar de cobiça. O bairro todo ficou sabendo. 'A paixão dela desperta as paixões. Vai virar manchete de jornal. Até o presidente da República acaba sabendo.' Na segunda-feira, o carteiro só passava se fosse por mim."

A querida dizia que perdeu a fé quando o moreno morreu. "Se Deus existisse, não teria me deixado viúva. Sem o amado, o espírito não vive. Melhor morrer o corpo do que o espírito. Além de ter sido meu confidente, foi meu médico. Pedi a ele que aceitasse me tratar quando era apenas um estudante de medicina. Insisti, queria. Confiança absoluta. Desejava um médico que me amasse."

Depois de ter dado à luz um natimorto, não quis mais saber dos obstetras ou das parteiras. "Quis que o marido fizesse o segundo parto. Tive sorte. Fui recompensada por uma linda menina. Não dormi de tanta alegria. Uma noite quente, de ficar com a janela aberta. Da cama, eu via as estrelas, a cintilação.

Já antes do nascimento, ele e eu éramos UM. Depois, então... Às vezes, eu duvidava da realidade. Pode ser? Ou será sonho? Nem mesmo quando a menina chorava eu ficava preocupada. Sabia que o choro ia passar. Sem o choro, a vida não existe...

Hoje, sei que a ausência é tão valiosa quanto a presença. O nosso sentimento era o dos que não precisam se ver todo dia... dos que têm consigo a certeza. Talvez porque eu também amasse o meu pai no moreno. O pai era ciumento. Só me entregava as cartas com um sorriso irônico. Como quem diz *isso passa*. Qual nada! Amor verdadeiro não passa...

Durante um bom tempo, nós pouco nos encontramos. Dois ou três dias no ano, mas as recordações ficavam. Sempre que ele partia, eu ia até a estação, para me despedir. Meus irmãos iam junto, claro. Sozinha, não podia. Quando as rodas do trem giravam, era como se o trilho fosse o meu coração. Sentia dor no peito, mas não chorava. Naquela época, tudo era proibido.

Uma vez ele me beijou. Achei natural e, depois, morri de remorso. Minha consciência me acusava. *Não tem vergonha de bancar a santa quando não é?* Escrevi para ele, dizendo que lamentava ter me comportado tão mal. *Mal nada*, ele me respondeu. *Seu comportamento foi exemplar.* Quando a resposta chegou, eu estava no jardim. Abri a carta e vi a silhueta dele numa árvore... terno branco e chapéu-panamá. Fui ao encontro, mas o moreno desapareceu. Corri de um lado para o outro até ouvir a voz do querido.

— Logo estou aí, e o verão será contínuo. A distância e o trem terão se tornado coisa do passado. Acredite. Também eu não quero mais viver à espera da carta... com a só presença da sua fotografia. Quero sentir seu corpo se enrolando no meu.

Fiquei no jardim até o anoitecer. Só pensando no casamento... o véu e a grinalda para ser a companheira... perfume de flor de laranjeira... castidade e matrimônio. Tive a certeza de que a união definitiva estava próxima.

Amor. Sempre que eu pronuncio a palavra, é como se fosse a primeira vez. Vem do âmago. Sempre que escuto, é a mesma coisa, bate fundo. O amor é eternamente novo. De dia, chega vestido de branco. De noite, à luz de lanternas chinesas.

A vida separa os que se amam. A morte não consegue isso. Nós nos encontramos no céu todos os dias. Não tem mais risco de separação. A palavra *futuro* não existe."

Mamãe sempre contava um sonho que teve antes do casamento.

"Nós já com os trajes apropriados, fraque e vestido de noiva. Nos olhamos no espelho, daí ele: Parecemos dois bocós.

Nesse preciso momento, minha sogra entra e diz que está na hora de ir para a igreja e não é para fazer fiasco.

— Qual nada — respondo. — Não vai ter fiasco nenhum.

Mas ela ainda acrescenta:

— O noivo tem que dar o braço direito.

Daí, ele: — Me deixa casar com o braço que eu quiser. Maldito protocolo! Ainda bem que a gente se casa uma única vez. Melhor os tempos em que os homens raptavam as mulheres e não precisavam se submeter a tantas regras, usar um colarinho duro como este...

Daí, eu: — Da próxima vez, eu quero ser raptada."

Não sei quantas vezes mamãe rememorou a cena do casamento para ensejar o amor.

"Não fui raptada por ele, embora tenha desejado isso mais de uma vez. Casei de véu e grinalda, como se usava naquele tempo, e depois joguei a grinalda para outra moça pegar... ter certeza, assim, de que ela se casaria como eu. Isso era o que a gente mais desejava. Hoje, até pode ser diferente. Só que o amor continua a ser o que traz mais felicidade. Nascemos graças a ele e para ele. No céu, o tempo é só para amar.

Sei que o amor é um mistério e o amado é único, justifica uma vida inteira de espera e outra de saudade. Sou como Penélope, ela esperou Ulisses durante toda a sua errância... foi fiel ao desejo que a imortalizou, o desejo contínuo de esperar.

Sou como Psiquê... correu mundo à procura de Eros. Pelo moreno, eu teria atravessado o rio das mortes e, como ela, entrado no inferno. Não tive como salvá-lo. Ninguém salva ninguém. Queira ou não, cada um tem um destino. O que vale é a gente um dia encontrar o amor e jurar que ama mais do que a verdade. Se entregar aos braços-abraços de um moreno. Tive sorte de ser beijada como ele me beijava. Onde fosse possível. Vivi de olhos vidrados. Soube da cegueira benfazeja do amor. Me tornei e sou insaciável. Quem não é? Atire a primeira pedra. Temos sede. A nossa condição é esta. Sede de surpresa... de ser como fomos, um recém-nascido que o caleidoscópio do mundo fisga... sede de acalento e jubilação."

São Paulo, Saint-Pierre-d'Albigny e Praia do Forte,
2014-2020

Citações

p. 7: Walt Whitman, "Eu canto meu próprio ser", *Folhas de relva*.

p. 9: Kenzaburo Oe, *Notas sobre Hiroshima*.

p. 21-22: Allen Ginsberg, "Kaddish, IV", *Uivo, Kaddish e outros poemas*.

p. 23: Denise Milan, DVD, *Ópera das pedras: o espetáculo da Terra*.

p. 23: Allen Ginsberg, *"Uivo, I"*, *Uivo, Kaddish e outros poemas*.

p. 24-25: Allen Ginsberg, "Canção", *Uivo, Kaddish e outros poemas*.

p. 61: John Lennon & Paul McCartney, "Let It Be".

p. 87: Allen Ginsberg, "Kaddish para Naomi (1894--1956)", *Uivo, Kaddish e outros poemas*.

p. 87: Robert Thiele & George David Weiss, "What a Wonderful World".

p. 94-95: Sêneca, *Cartas a Lucílio*.

Este livro foi composto na tipografia
Minion Pro, em corpo 12/16, e impresso em
papel off-white no Sistema Cameron da
Divisão Gráfica da Distribuidora Record.